Kakao ist (k)eine Insel

Roman

Maren Kunkel

Echte Menschen und Geschehnisse bieten mir persönlich die beste Inspiration zum Schreiben, daher habe ich manche Inhalte meines Buches zwar entfremdet, jedoch ähnlich erlebt oder beobachtet.
Der große Rest ist frei erfunden.

Mir ist klar, dass nicht jedes Detail „meiner speziellen Kreuzfahrt" der Realität entsprechen kann, dies war aber auch nie Ziel meines Buches.

Coverzeichnung: **Oliver Wallbaum**
www.illustratoon.de

Herstellung und Verlag:
BoD - Books on Demand, Norderstedt

ISBN: 978-3-74314-294-7

© **2016 Maren Kunkel**

Alle Rechte verbleiben bei der Autorin!

Für meine Mutter, die schon auf einem Butterdampfer seekrank wird ...

Der Anfang vom Ende

Draußen war es kalt und diesig. Werner machte es sich vor dem heimischen Kamin gemütlich. Mit einer Mischung aus Respekt und Vorfreude dachte er an den ersten Urlaub seines Lebens. In ein paar Tagen sollte es losgehen. Neben der Formel 1 schaute er sich mit einem Auge die Buchungsunterlagen ihrer Kreuzfahrt an. Immerhin trug er heute zur Abwechslung mal seine Brille, meistens hatten er und seine Frau Waltraud ihre Sehhilfen verlegt und liefen wie Maulwürfe durch die Gegend.
Das Holz knisterte in den Flammen und Werner wollte sich gerade ein Bier aufmachen, als ihm plötzlich und ohne Vorwarnung ein Detail ins Auge sprang. Nein, das war unmöglich, völlig utopisch, einfach ausgeschlossen. Wieder und wieder blickte er auf SIE -

Die Zahl des Grauens!

Werners Herzschlag setzte aus, er keuchte und lief puterrot an. Sein Körper stellte seine Dienste ein und sein Kopf dröhnte.
Seine Frau Waltraud hatte 10.000 Euro für eine Kreuzfahrt ausgegeben.

Sein Leben war am Ende!

Ihr Reiseplan:

Tag 1:	Abflug in Deutschland – Ankunft in Miami – Transfer zum Hafen – Einschiffung
Tag 2:	Key West / Florida
Tag 3:	Erholung auf See
Tag 4:	Erholung auf See
Tag 5:	Oranjestad / Aruba
Tag 6:	Kralendijk / Bonaire
Tag 7:	Willemstad / Curaçao
Tag 8:	Willemstad / Curaçao
Tag 9:	Erholung auf See
Tag 10:	Erholung auf See
Tag 11:	Ankunft Fort Lauderdale
Tag 12:	Rückflug am Abend aus Miami
Tag 13:	Ankunft in Deutschland

Zwei Tage vor der Kreuzfahrt in einem kleinen Dorf an der Ostsee

«Waltraud, Waaaaltrauuuud! Komm doch mal ins Wohnzimmer, hier zeigen sie einen Bericht über einen Dampfer. Hallo? Haaallooooo!»
«Werner, ich bügle die letzten T-Shirts für unsere Abreise morgen.» Bei dem Krach konnte sich ja kein Mensch konzentrieren.
«Das Bügeleisen hat keine Beine, los jetzt!»

Werner und Waltraud Krause waren seit fast 40 Jahren verheiratet. Sie bekamen längst Rente und lebten überwiegend glücklich und harmonisch in einem schmucken Häuschen mit riesigem Grundstück in der Nähe der Ostsee.
Werner lag in seiner Jogginghose auf dem Sofa und schaute NDR. Es kam für ihn nur selten in Frage Sender mit Werbung zu nutzen, schon gar nicht am Abend. Normalerweise wurde in diesem Haushalt zu 90 Prozent Fußball geguckt, Werner aß nämlich lieber drei Wochen keine warme Mahlzeit, als auf seinen heiß geliebten Bezahl-Fußballsender zu verzichten.
Seine Frau Waltraud sah das Leben entspannter. Ihre zwei Töchter waren groß und das Haus bezahlt.

Samstags konnte sie ihren Mann häufig davon überzeugen Frühstücken zu gehen, auch wenn diese Mahlzeit aus Einspare- oder Diätgründen grundsätzlich aus einem halben Brötchen nebst Kaffee im nächsten Supermarkt bestand.

Heute war ein Donnerstagabend Anfang Februar. Draußen legte sich bereits die Finsternis über ihr kleines Dorf im hohen Norden. Der Wind fegte dem soliden Doppelhaus aus den Siebzigerjahren um die Schornsteine. Waltraud hatte für sich und ihren Mann zum ersten Mal einen richtigen Urlaub gebucht. Abgesehen vom Weihnachtsmarktbesuch in Eckernförde waren sie bisher in ihrem ganzen Leben nur mit dem Bus am Plöner See und mit dem Rad im Gettorfer Tierpark gewesen. Waltraud träumte schon lange von einer Kreuzfahrt durch die Karibik. Ihre Freundin Agnes hatte ihr Fotos gezeigt. Nein, nicht irgendwelche Fotos, hellblaues, glasklares Wasser, bunte Fische, ja sogar Schildkröten hatte Agnes beim Baden entdeckt. Dazu sollten die Menschen unglaublich nett und entspannt sein. Zum 40. Hochzeitstag genau das Richtige. Waltraud musste grinsen, endlich hatte sie sich durchgesetzt und jegliche Fußballtermine dieser Welt ignoriert. Im Herzen trug sie ein Geheimnis mit sich herum, aber Details würde sie Werner erst im Laufe der Reise erzählen.

Sie bettelte ihren Mann seit Jahrzehnten um einen Urlaub an. Bei ihrem Wunsch nach einer Safari wurde sie in den Zoo geschleppt. Der Gettorfer Tierpark überzeugte zwar jeden mit Wellensittichen, die man füttern durfte oder Affen, die zutraulicher wirkten als so mancher Besucher. Trotzdem, Gettorf war nicht Afrika, jedenfalls nicht für Waltraud.

Vor knapp fünf Jahren wurde sie 60, wie sehr hatte sie sich schon damals nur eine klitzekleine Kreuzfahrt gewünscht, einmal über die Donau oder von Kiel nach Oslo und zurück. Als Geschenk lud ihr Mann sie zu einer *Fünf Seen Fahrt* nach Plön ein. Die Kinder waren ihr auch keine Hilfe gewesen, von ihrem Schwiegersohn Torben bekam sie ein Boot mit Fernbedienung für den Teich geschenkt. Somit schien für die Familie das Thema Kreuzfahrt abgeharkt. Aber nicht mit Waltraud. Jetzt oder nie. Agnes hatte ihr zu den früheren ABC- (Aruba, Bonaire, Curaçao) Inseln geraten. Diese gehörten wohl irgendwie zu Europa und ein paar Annehmlichkeiten wollte Waltraud durchaus genießen. Sie konnte nämlich kein Wort Englisch und Werner ebenfalls nicht ...

Apropos Werner, im Wohnzimmer lief eine schwarz-weiß Reportage über alte Schiffe.

Waltraud stand in der Tür und schaute zu ihrem Mann. «Was möchtest du mir sagen, mein Schatz?»
«Waltraud! Wo bleibst du? Können wir diese Reise nicht stornieren oder wie das heißt? Ich könnte sagen, dass meine Beine kribbeln, ich bin immerhin stolze 65 Jahre alt!» Werner verspürte absolut keine Lust. Übermorgen spielten seine Bayern und dazu hatte sein örtlicher Dorfverein am Wochenende

Punktspiel. Stattdessen sollte er rund um den Globus fliegen und Schiffe versenken, oder so ähnlich. Und wieso fuhren sie gerade auf eine Kakao-Insel, er mochte dieses süße Zeug doch überhaupt nicht. Weiber ... Er kannte das von den Frauen seiner Kumpels, sie wurden im Alter alle wunderlich. Zu viel Zeit. Die eine wollte plötzlich Model für Senioren werden, die nächste suchte ein Ehrenamt im Altenheim und die dritte wurde Dorfpolitesse. So etwas hatten er und seine Jungs nicht nötig, Fußball lief schließlich jeden Tag und auch ohne Grund konnte man sich mit ein, zwei Bierchen gesellig versammeln und dummes Zeug sabbeln.

Werner war ein sportlicher Typ. Über 1.80 groß und überwiegend praktisch gekleidet, bunte Farben zog er nur heimlich zur Gartenarbeit an. Seine Haare glänzten längst in vielen verschiedenen Grautönen und seinen Schnäuzer hatte er schon seit über 40 Jahren nicht mehr abrasiert. Früher war das in Mode gewesen. Er liebte Fußball und bewegte sich allgemein sehr viel. Rumliegen konnten die jungen Leute heutzutage eh viel besser, er brauchte lediglich eine gute Kombination aus Fußball, Bier und seiner Waltraud. Okay, ab und zu lag er gerne auf dem Sofa, aber sicherlich nicht so oft wie die furchtbar technische Generation seiner Töchter. Entweder schliefen sie oder sie schauten auf einen Bildschirm, der zu einem Fernseher, einem Computer oder einem Handy gehörte. Da waren er und seine Frau noch von einem ganz anderen Schlag. Sie liebten ihren großen Garten mit dem idyllischen Teich, den

Blumen und der unbebauten Aussicht auf die Felder und sie mochten es, die Ostsee mit dem Fahrrad zu erkunden. Für ihn war alles in bester Ordnung und das könnte auch gerne immer so bleiben, wäre da nicht die Fernwehkrise seiner Gattin gewesen ...

«Außer deinem Kopf kribbelt bei dir gar nichts, mein Lieber! Und wir werden diese Reise machen, sonst nehme ich unsere Tochter mit!» Waltraud wurde es zu blöd, nicht auf den letzten Drücker solche Diskussionen!

«Gott bewahre!» Werner schlug die Hände über dem Kopf zusammen. «Ich habe jahrelang für meine Kinder bezahlt, jetzt gönnen wir *uns* was Schönes!» Das fehlte ihm noch. Seine ältere Tochter arbeitete bei den Behörden, die hatte genug Geld und seiner Jüngsten musste er vor Jahren ein Studium finanzieren. Nein, die waren über 30, die brauchten keinen bezahlten Urlaub ihrer Eltern mehr.

«Aha, na dann kannst du dich ja jetzt endlich freuen!» Waltraud entspannte sich. Sie liebte ihren Mann und sie liebte die gemeinsamen Touren rund um die Ostsee, ihr taten die Menschen sogar leid, die nicht am Meer lebten. Sie wohnte mit Werner in dem Haus, in dem sie bereits geboren wurde. Ihre Kinder Mone & Maren waren hier aufgewachsen und hier wollte sie sterben, später, in 30 bis 40 Jahren – jetzt wollte sie sich erst einmal den Rest der Welt ansehen. Bekanntlich konnte man sein zu Hause lieben und trotzdem offen für Neues sein. Na gut, sie konnte das, Werner schaffte es (noch) nicht.

Sie erklärte ihrer Tochter zwar seit Jahren, wie man

mit viel Geduld die schlechten Eigenschaften eines Ehemannes ändern konnte, aber sie wusste selbst, welch großer Quatsch das war. Sie wollte ihrem Kind nur nicht die Hoffnung auf einen Ehemann nehmen, der seine Wäsche im Flur eigenhändig wegräumte.

«Aber Schatz, wozu muss es eine Schiffsreise für 5.000 Euro sein? Pro Person! Wir wollen das Schiff doch nicht kaufen.» Werner hatte als Berufskraftfahrer nie auch nur im Ansatz so viel Geld verdient. 10.000 Euro waren für ihn eher eine Summe, mit der man einen Neuwagen kaufte und keine Schiffstour plante, aber es half alles nichts, die Kohle war sowieso weg.

Waltraud hatte diese Fahrt heimlich und allein gebucht. Bis Sonntag dachte Werner zumindest, dass sie bloß 500 und nicht 5.000 Euro kostete. Daher wirkte er die letzten Wochen vor der Abfahrt relativ gelassen und gab übermütig auf dem Sportplatz mit seinem Urlaub an. Als er bei seiner Recherche allerdings aus Versehen auf die dritte Null stieß, musste Lothar von nebenan den Notarzt rufen. So rot wurde Werner sonst nicht mal, wenn er plötzlich Bluthochdruck bekam, weil seine Bayern einen sicher geglaubten Sieg verschenkten.

Natürlich war es nur die Aufregung, Werner brauchte Zeit, um diesen Schock zu verdauen.

Vielleicht sollte man alle Bier- und Fußballkosten der letzten 40 Jahre gegen diese Reise aufrechnen? Da konnte man wahrscheinlich zwei Kreuzfahrten von machen. Außerdem mussten die Flüge und das

Essen an Bord bezahlt werden. Waltraud hatte nämlich all-inclusive gebucht. Ihr Mann sah nur diese eine riesengroße Zahl, die das Reisepaket verschlang, sie hingegen wusste, was darin alles enthalten war. Agnes hatte ihr zu einer Art Suite mit Balkon geraten. Diese kostete ein kleines Vermögen, aber in einem Schuhkarton wollte sie ihren ersten Urlaub nicht verbringen.

«Waaaaaltrauuuuuud!»
«Werner, es ist drei Uhr morgens! Was ist?»
«Du, ich frage mich, ob wir diese Reise absagen oder zumindest ändern sollten, wir könnten das Essen abbestellen und nur Wasser trinken. Das wird es auf einem Schiff jawohl geben. Dazu nehmen wir uns Konserven und den Campingkocher aus dem Keller mit, so gibt es auch mal was Warmes! Welchen preislichen Unterschied würde uns diese Variante bringen? Und wo liegt dieses Kakao noch mal?»
Den ersten Teil der Frage ignorierte Waltraud großzügig. «Die Insel *Curaçao* haben wir dir schon des Öfteren im Internet gezeigt, Videos geguckt und sogar im Atlas geschaut, wo wir überall lang fahren, wir sind nicht nur an einer Stelle. Wir werden mehrere Inseln sehen und ich habe dir gestern bei Wikipedia vorgelesen, dass beispielsweise Aruba zwar geografisch kurz vor Südamerika liegt, aber dennoch eines von vier Teilen des Königreiches der Niederlande ist.»
«Ach was, wenn eine FRAU Namens Vicky Pedia überhaupt so etwas weiß, steht es sicherlich nicht

im Internet.» Werner hatte bereits jetzt keine Lust mehr. Was war das bloß für ein Quatsch? Ein Land sollte zu Holland gehören, aber vor Südamerika liegen? Er freute sich lediglich auf seine Flamingos. Er hatte von wahren Massen gelesen, die in der Karibik leben sollten und er liebte diese Tiere über alles. Früher ging er mit seinen Töchtern nur in den Tierpark, um seine Lieblingstiere zu sehen, aber das musste ja niemand wissen, schon gar nicht seine Frau mit ihrem *Welt-bereisen-ab-Mitte-60-Spleen.*

«Werner Krause! Noch ein Wort und ich bin dank deiner Lebensversicherung steinreich! Gute Nacht!» Waltraud drehte sich demonstrativ zur Seite.

Ihr Mann stand allerdings wieder auf, ging mit seiner Taschenlampe durch den Garten, schaute dort nach Unregelmäßigkeiten, packte beide Koffer erst aus und dann um und guckte abschließend ein letztes Mal seine heiß geliebten Sportnachrichten im Fernsehen.

Jetzt geht's los ...

Am nächsten Tag begann für Werner und Waltraud Krause der erste Urlaub ihres Lebens. Praktischerweise übernahm ihre Tochter den Fahrservice zum Bahnhof. Waltraud fühlte Spannung in sich aufsteigen, ihre blonden kurzen Haare standen wie wild von ihrem Kopf ab. Sie wirkte nicht besonders groß, aber immer adrett und farbenfroh gekleidet. Der Zug zum Flug sollte laut Agnes absolut bequem und sicher sein. Waltraud hatte sich alle Unterlagen mehrmals kopieren lassen und soooo weltfremd waren sie hoffentlich auch nicht.

«Mone, wo fährst du denn hin? Wir müssen zum Flughafen!» Werner wunderte sich über die schlechte Orientierung seiner ältesten Tochter. Normalerweise kannte sie sich auf den heimischen Straßen einigermaßen aus.
«Nein Papa, ihr müsst zum Bahnhof, ihr nehmt den Zug!»
«Waaaaas? Hast du schon wieder nicht genug Benzin im Tank oder wieso müssen deine Mutter und ich mit dem Zug fahren? Und überhaupt, mit dem Zug nach Amerika, verscheißern kann ich mich alleine. Ich weiß, dass unser Kutter in Florida abfährt, ich habe die Unterlagen vorhin auf dem Klo gelesen! Nimm die A7 und fahr über Norderstedt, ich sag dir rechtzeitig Bescheid, wo du abbiegen musst.»

«Werner, wir fliegen morgen früh um sechs Uhr in Frankfurt los und der Zug ist im Preis inbegriffen.» Waltraud versuchte es in einem ruhigen Ton.

«Wie jetzt? Ich dachte, unser Dampfer legt morgen um 16:30 Uhr ab? Fliegen wir mit einem Düsenjet oder wie sollen wir das jemals schaffen?» Werner wurde diese Reise von Minute zu Minute suspekter und dabei waren sie erst zehn Kilometer von zu Hause entfernt. «Außerdem bin ich in meinem Leben bereits 50 Mal mit dem Zug gefahren. Du hast gesagt, wir erleben im Urlaub etwas Neues.»

«Dank der Zeitverschiebung kommen wir morgen Vormittag schon gegen halb elf in Miami an, der Bus wird uns dort abholen und zum Hafen bringen.» Waltraud erklärte ihrem Gatten lieber jede Information im Detail.

Werner war allerdings längst einen Schritt weiter. «Wie viel die Bundesbahn wohl von den 5.000 Euro pro Person abbekommt?»

«Es gibt die Bundesbahn seit mehr als 22 Jahren nicht mehr und ich weiß, was diese Reise gekostet hat. Tu mir bitte einen Gefallen und reite jetzt nicht zwei Wochen darauf herum.» Waltraud musste tief durchatmen, um ihren Mann nicht angebunden am Kieler Hauptbahnhof stehen zu lassen.

«Hast du uns Proviant eingepackt? Ich habe Hunger. Wenn ich von dieser Bahnfahrt gewusst hätte, müssten wir jetzt nicht diese komischen Tombolose-Spritzen gegen schwere Beine mitschleppen.» Werner war sauer. Er trug extra seine Trainingshose, um einen bequemen Flug zu erleben. Lothar hatte

ihm nämlich erzählt, wie sehr ein Gürtel in so einem engen Flugzeug drücken konnte. Sein armer Nachbar musste ab jetzt allein Fußball gucken. Heute lief Bundesliga, mit dem Freitagabendspiel konnten man sich ideal aufs Wochenende einstimmen. Werner wurde betrübt, er hatte seinen besten Freund nebst Bierfass im Stich gelassen.
«Werner, wir fliegen morgen noch lange genug. Wir fahren nur *vorher* ein bisschen Zug.» Waltraud mischte sich in seine Gedanken.
Gott sei Dank bog Mone in diesem Moment in die Straße zum Bahnhof ein. Von Kiel gab es einen direkten ICE nach Frankfurt/Flughafen, das war immerhin ein Anfang.
Wie von Geisterhand hatten ihre zwei Koffer Zuwachs von einer schwarzen Tasche bekommen. Waltraud wollte aber keinen Streit, es würde schon irgendetwas zum Anziehen für sie dabei sein. Fragte sich nur, wie viel das ganze Übergepäck kostete. Nicht, dass Werner wieder einen Arzt brauchte. Es waren allgemein bloß 23 Kilo Gepäck pro Person erlaubt.
Im Zug angekommen fragte Werner zuerst die Schaffnerin, ob bei 5.000 Euro ein Kaffee inklusive wäre. Danach erklärte er den jungen Menschen rund herum, in welchem Zusammenhang gefährliche Handystrahlen und Zugentgleisungen standen. Dafür verlief die Fahrt ohne Verspätungen und auch das Flughafenhotel erfüllte für eine Nacht voll und ganz seinen Zweck. Waltraud hatte sich nicht ge-

traut eine andere Unterkunft zu buchen. In Frankfurt gab es zwar viele Hotels in Flughafennähe, aber sie kannte ihren Mann, der würde alles über einen Kilometer als befremdlich empfinden und in letzter Sekunde zu Hause bleiben. Dieses Szenario wollte sie dringend vermeiden, daher hatte sie ein viel zu teures und leicht schäbiges Hotel fast direkt neben der Abflughalle gewählt. Die Nacht endete eh zwischen zwei und halb drei, da sie drei Stunden vor Abflug am Flughafen sein sollten.

Am nächsten Morgen schien Werner schon beim Aufstehen genervt. Es war zwei Uhr. Wozu bezahlten sie ein Zimmer? Da hätte man locker am Flughafen auf den Bänken warten können, das hatte seine Tochter bei ihren Fußballfahrten immer so gemacht und die lebte schließlich auch noch.
Beim Verlassen des Hotels fragte Werner den Portier nach einem Rabatt wegen eines frühzeitigen Auszuges, aber natürlich wirkte dieser völlig inkompetent und unflexibel.
«Waltraud, all diese Koffer. Such dir einen Badeanzug raus, mehr braucht doch kein Mensch. Wer soll das bloß alles schleppen und wozu haben wir überhaupt Winterjacken mit? Ich denke, hinterm großen Teich sind überall 25 Grad?»
«Ich habe diese Extra-Tasche nicht gepackt und wir ziehen uns Jacken an, weil es *hier* kalt ist, mein Freund!»
«Ich bin seit 40 Jahren nicht mehr nur *dein Freund,*

sondern dein Ehemann und du wirst mir bald noch sehr dankbar sein, wenn du von dieser Zaubertasche profitieren darfst.»

«Werner, wir können lediglich ein Gepäckstück pro Person mitnehmen und dieses darf höchstens 23 Kilo wiegen, so steht es in den Unterlagen.» Waltraud gab nicht auf!

«Ach papperlapapp. Sooooo dick bist du ja nun auch wieder nicht. Es gibt schwerere Menschen, die wiegen mehr als wir und dürfen ebenfalls 23 Kilo mitbringen, also haben wir mehr Freigepäck, ist doch logisch.»

Da Werner die normale Schlange am Check-in zu lang war, ging er zum Business-Schalter hinüber und erzählte etwas von Tombolose und dass er nicht lange stehen könne.

«Sie dürfen gerne auch bei uns einchecken!» Das Flughafenpersonal schien wirklich nett zu sein.

«Sie sollen nur unsere Koffer und diese Tasche nehmen und sie aufs Schiff bringen. Wir fahren nach Kakao, wir wollen uns dort sonnen und etwas gönnen. Wissen sie, meine Frau ist in den Wechseljahren. Da wird man wohl so etepetete.»

«Werner, ich stehe neben dir!»

«Ja ja ich meine doch nur.» Treuherzig blickte er über den Schalter.

Entweder gab es neue Richtlinien oder das Personal hatte Mitleid mit Waltraud, auf jeden Fall kamen sie ohne jegliche extra Gepäckgebühren davon.

Auf dem Weg zur Sicherheitskontrolle sagte Werner Sätze wie *der Rudeldeutsche stellt sich hinten an* und

Tombolose ist etwas Schönes. Waltraud trug es mit Fassung.

Im Abflugbereich saßen unheimlich viele Menschen. Werner zappelte, stellte sich von einem Bein aufs andere, setzte sich hin und zappelte weiter.
«Was ist los?» Waltraud nervten Menschen, die nicht mal zwei Minuten still sitzen konnten.
«Ich weiß nicht, mir ist das Ganze nicht geheuer. 10.000 Euro und dann müssen wir auch noch warten.»
«Werner, jeder Fluggast muss auf seinen Abflug warten, das geht organisatorisch gar nicht anders. Möchtest du auf die Toilette?»
«Wieso? Ich habe eine sehr gute Blase. Und das ohne eine kürbisreiche Ernährung.»
«Ich gehe mal kurz.» Waltraud wollte sich auf den Weg machen.
«Soll ich hier alleine sitzen bleiben? Und was passiert, wenn ich in das falsche Flugzeug einsteige? Ich könnte entführt werden!»
«Werner, du sollst gar nicht einsteigen. Bleib einfach sitzen und warte auf mich!» Waltraud kam sich vor wie im Kindergarten. Verschwinden würde Werner schon nicht, selbst wenn ihn jemand mitnahm, brachte dieser ihn spätestens nach zwei Stunden wieder zurück.
Natürlich war der Platz nach ihrem Toilettengang trotzdem leer.
«Waaaltraaauuud, komm her!» Immerhin brüllen konnte Werner überall.

«Wo warst du?»
«Ach, ich habe mich umgesetzt, wenn wir in Richtung Eingang sitzen, sehen wir viel mehr Leute. Vielleicht fliegt ein Fußballer oder ein Kinostar mit uns nach Amerika. Wir gehören ja jetzt auch zu High Society.»
«Ach tun wir das?» Waltraud zeigte ihrem Mann einen Vogel.
«Wer 10.000 Euro für einen Dampfer nach Kakao über hat, tut das definitiv meine liebe Waltraud, aber für dich ist mir nichts im Leben zu teuer. Wo sind eigentlich unsere Brillen? Nicht, dass mir ein berühmter Sportler durch die Lappen geht.»

Als sich alle anderen Passagiere nach der Ansage zum Boarding erhoben, blieben Krauses sitzen.
Es hieß: *Der Bus steht jetzt bereit.*
Und Bus fahren wollten sie nicht, das konnte man wirklich auch zu Hause.
«Sind sie das Ehepaar Krause? Direktflug nach Miami?»
«Ja Flug» Werner machte mit den Armen ein Flugzeug nach, «nicht Bus, junge Dame.»
Die nette Mitarbeiterin lächelte. «Sie müssen in den Bus steigen, der bringt sie zum Flugzeug, dieses steht weiter hinten am Flughafen.»
«Waaaas? Für 5000 Euro pro Person steht das Flugzeug weiter hinten?»
Auf dem Weg zum Bus fiel Werner siedend heiß ein, was er vergessen hatte und das war ihm eindeutig noch nie passiert. «Waltraud, wir müssen zurück,

komm mit!» Er wollte sich gerade umdrehen, da fasste seine Frau ihn am Ärmel.
«Egal, was es ist, es kann warten. Wir rufen die Kinder an. Solltest du nicht mit mir in dieses Flugzeug steigen, werde ich eine Putzstelle annehmen damit du später im Altenheim nur teuren Ziegenkäse und Leberwurst zu essen bekommst!»
Nein, das wollte Werner nicht riskieren. Ob Waltraud ernst machte?
«Ich habe vergessen den Trockner auszumachen, der Urlaub fällt aus.» Wenn er etwas auf den Tod nicht leiden konnte, waren das der Geruch von Ziegenkäse oder Leberwurst und Stromverschwendung im eigenen Haushalt.
«Du kannst dich beruhigen!», Waltraud klopfte sich innerlich auf die Schulter. «Ich habe den Trockner gestern Morgen noch schnell ausgeräumt und abgestellt.» Sie wusste aus Erfahrung, dass ihr Mann nervös wurde, sobald die Knöpfe von Trockner oder Waschmaschine fünf Minuten zu lange leuchteten, obwohl sie bereits mit ihrer Arbeit fertig waren.

Der Flug lief erfreulicherweise friedlich und entspannt, wahrscheinlich schlief Werner ein wenig.
Leider änderte sich sein Wohlbefinden kurz vor der Landung, als es in Deutschland auf 16 Uhr zuging.
«Waltraud, frag mal Maren wie es aktuell bei Bayern gegen Wolfsburg steht!»
«Wie soll ich das denn jetzt machen?»
«Na whatsäppi, das macht ihr doch dauernd.»
«Ja, aber nicht im Flugzeug, das ist hier verboten.»

«Und warum?»

«Die Wellen der Handys könnten den Flugablauf stören, so wie du es gestern auch den jungen Leuten im Zug erklärt hast.» Ihr Mann hatte früher definitiv zu viel Sesamstraße mit den Kindern geguckt, gefühlt bestand sein Wortschatz nur aus Fragewörtern.

«Dann sollten die mal neue Technik erfinden. Wegen irgendwelcher Funken weiß ich nun nicht, wie es auf den Plätzen der Bundesliga steht. Ich habe bereits die Kellnerinnen hier gefragt, aber die lächeln bloß blöd in der Gegend herum.»

Die Menschen flogen zum Mond und feierten dort Partys, aber ein Handynetz über den Wolken war zu viel verlangt. Sein Schwiegersohn wusste immer ganz aktuell, wo seine Wolfsburger gerade abgeschossen wurden beziehungsweise wie die anderen Vereine spielten. Selbst auf dem Klo konnte Torben so etwas sehen und dann sollte das hier in einem technischen Vogel nicht funktionieren? Eine komische Welt war das, fand Werner.

Aber vielleicht hatte seine Frau bei der Flugbuchung einfach nur am falschen Ende gespart und konnte deswegen keine Nachrichten nach Hause schicken. Besonders bequem und großzügig wirkte dieses Flugzeug nämlich nicht, da hatte sich Werner für den Preis eindeutig mehr Service und Platz für seine Beine gewünscht. Außerdem war die Aussicht dürftig, er sah lediglich Tragflächen, wenn er aus dem Fenster schaute. Nein, das hätte seine Frau alles viel besser planen können.

«Wenn wir landen, bekommen wir das raus.» Waltraud versuchte zuversichtlich zu wirken.
«Ob die deutsches Fernsehen an Bord haben? Müssen die GEZ zahlen?» Werner überkam sein Spartrieb.
«Ich glaube, in Amerika kennen die keine GEZ.» Es gab Dinge, die interessierten Waltraud nicht.
«Dann bleiben wir dort, immerhin fast 18 Euro im Monat gespart, damit hätten wir in ein paar Jahren unsere Reise refinanziert und könnten zurückgehen.»
«Werner, ich gebe es auf! Wir müssten bei deiner Rechnung mindestens 94 Jahre werden.»
«Mein lieber Hase, du wirst alt, man kann doch mal seinen Horizont erweitern.» Hin und wieder war seine Frau ganz schön verklemmt.

Zu Waltrauds großem Glück setzte das Flugzeug noch vor Abpfiff zur Landung an. Damit wurde das Problem Fußballbundesliga fürs Erste vertagt.

90 Minuten vor Abfahrt des Schiffes

Jan war mehr als genervt, in 90 Minuten fuhr dieser dämliche Kahn in die Karibik ab. Er verbrachte seine Hochzeitsreise mit seinem Mann Lukas in Miami. Sie kannten sich schon viele Jahre, da war ein dicker Urlaub längst überfällig, jedenfalls meinte das sein Mann. Es mussten allerdings noch mindestens fünf Meilen zum Hafen sein und das Taxi stand im Stau, auf der Straße regte sich gar nichts mehr. Warum mussten sie auch erst so spät aus Miami Richtung Fort Lauderdale aufbrechen? Jan hatte sich das alles nicht sooo groß und weitläufig vorgestellt.
Es war wie immer mit der Pünktlichkeit seines Mannes, Lukas kam einfach nicht aus dem Quark. Haare kämmen, Handcreme auftragen und am besten noch Schuhe putzen und alles kurz vor knapp. Zu Hause wie hier. Bloß nicht zehn Minuten früher aufstehen oder eher mit dem Anziehen anfangen. Zwölf hieß zwölf und nicht drei oder gar fünf vor zwölf. Jan wäre spätestens zehn Minuten vorher fertig und würde lieber selber warten, als andere Menschen warten zu lassen, aber Lukas verhielt sich da ganz anders. Zwölf hieß bei ihm frühestens fünf *nach* zwölf und dann waren Staus und Jacke anziehen oder Autoschlüssel suchen nicht mit eingerechnet. Ab und zu musste er sogar noch einmal zurück,

weil er sein Handy oder Geld vergessen hatte. Irgendwas kam eigentlich immer dazwischen, heute war es eben ein Stau mitten im heißen Amerika.

Sie verbrachten jetzt schon eine Woche in Miami und Jan fand sich wirklich tapfer. Er liebte seinen Lukas über alles, aber diese Unpünktlichkeit und dieses eitle Getue gingen ihm ab und zu richtig auf den Keks. Sicher war Lukas ein bildschöner Mann mit seinen braunen Haaren und den dunklen Augen, trotzdem brauchte er eindeutig zu viel Zeit für seine Körperpflege.

Jan bezeichnete sich selbst als bodenständigen und sportlichen Polizisten, er lebte für seinen Job. Wenn es hart auf hart kam, stand er mit viel Elan und Liebe Sonntagmorgens um sechs Uhr auf der Matte und löste Verbrechen oder machte, wie viel zu oft, nur simplen Streifendienst. Lukas verkörperte mehr den Künstlertypen. Als Fotograf von Beruf wirkte er meistens viel offener als Jan. Nicht, dass ihn das störte, auf keinen Fall! Er liebte seinen Mann und dieses theatralische Leben. Gerade, weil er Polizist war, konnte er seine Ehe mit einem Mann nicht jedem erzählen. Die Gesellschaft wurde zwar langsam moderner, überall kamen diese Fortschritte allerdings nicht an.

Jan fand Urlaub unglaublich dämlich. Aufgereiht mit anderen Touristen an einem Strand oder auf einem Schiff, nach fünf Minuten bekam man einen Sonnenstich und das Essen war im Ausland viel zu scharf für seinen Magen. Nein, Lust verspürte er

keine, aber für die Liebe musste man(n) eben Kompromisse machen.
Die beiden hatten letzten Monat geheiratet. Im Januar, überall lag Schnee. Sie fanden den Winter romantisch und wollten das neue Jahr als Ehepaar beginnen, soweit das in Deutschland mittlerweile möglich war. Es ging ihnen nicht vorrangig um Gleichberechtigung, sondern eher darum, dem anderen zu zeigen, wie sehr man ihn liebte. Jan mochte Menschen allgemein nicht, die nur halb zusammenlebten. Entweder liebte man sich und wollte sein Leben zusammen verbringen oder man ließ es bleiben. Er fand es gut, in seiner Ehe die Pflichten für seinen Partner zu übernehmen. So hatte er es konservativ in seinem kleinen Heimatdorf gelernt und so lebte er es aus, gerade weil die Gesetze ein wenig hinterherhinkten was homosexuelle Ehen betraf.
Jan hatte früh gemerkt, dass Männer wirklich viel schöner aussahen als Frauen. Leider war das vor knapp 20 Jahren auf dem Land noch keine Lebensvariante gewesen, jedenfalls keine, die ohne Stress abgelaufen wäre. Deswegen zog er zu Beginn seiner Ausbildung nach Berlin, dort schien schwul sein normal zu sein. In der S-Bahn gab es vor allem abends kaum jemanden, der nicht irgendwie speziell aussah. Lukas hatte er vor 13 Jahren kennengelernt, er kam aus der Stadt. Hingegen jeglicher Vorurteile suchten beide die große Liebe und nicht bloß wilden Sex. Mittlerweile wurden sie bald 35 und lebten zusammen in einem wunderbaren Reihenhaus in Berlin. Sie kannten tolle Menschen und wurden

in ihren Familien anerkannt. Es war alles normal, nur eben ohne Frauen.

Es sah danach aus, als wenn das Schiff ohne sie ablegen würde. Im Internet stand, dass man sich zwei Stunden vorm Auslaufen einfinden musste und die waren definitiv schon um. Sollte es klappen, blühten Jan zwölf Tage Schiff fahren mit Sonne, Alkohol und Ausflügen. Jeder andere wäre sicher begeistert gewesen, er hatte eher Angst vor zu viel Langeweile und dem Schaukeln auf dem Meer. Und dann schnorcheln, wieso wollte sein Lukas so was ausprobieren? Heutzutage gab es doch diverse Aquarien auf DVD oder Apps mit Fischen, die man virtuell füttern konnte. Es nützte alles nichts, seinem Mann zu Liebe wollte er sich zusammenreißen und den Urlaub genießen. Jan hatte gestern Abend nebenbei seine E-Mails gelesen. Sein Kollege Frank beschrieb ältere Eheleute, welche als Trickbetrüger auf Schiffen ihr Unwesen trieben. Manchmal tauchten sie sogar mit einheimischen Komplizen auf. Jan würde auf jeden Fall heimlich die Augen offenhalten, das musste er Lukas ja nicht verraten ...

20 Minuten später erreichten sie den Hafen. Ihr Schiff lag überdimensional im Wasser, unfassbar riesig. Jan bekam schon beim Hinsehen Höhenangst. War so ein großer Kahn überhaupt sicher? Immerhin gingen auch in der modernen Welt Kreuzfahrtschiffe unter und das nicht nur, weil Kapitäne ihrer Heimat zuwinken wollten.

Für einen kurzen Moment wirkten Jan und Lukas sprachlos.
Die Kaiserin der Meere war knapp 300 Meter lang und in der Lage über 2400 Passagiere aufzunehmen. Sie wurde 1997 in Finnland gebaut, fuhr seit mehreren Jahren unter der Flagge der Bermudas und besaß natürlich einen englischen Namen, den die zwei sich erst einmal übersetzen mussten. Diese Details hatten sie bereits gestern im Internet gelesen.

Lukas rannte los, er wollte um jeden Preis auf dieses Schiff. Vorschriften hin oder her. Er wusste, wie peinlich es war, zu spät zu kommen, aber die Zeit lief ihm eben immer davon. Er konnte versuchen, was er wollte, er kam meist auf den letzten Drücker oder zu spät, aber sollte er deswegen wie Jan, Stunden seines Lebens mit Warten verbringen? Nein, dann lieber ab und an in Stress geraten. Nur jetzt gerade wurde es ihm etwas zu viel.
Die meisten anderen Passagiere standen auf dem Oberdeck und winkten oder schauten aufs Meer. Es gab keine Schlange mehr vorm Check-in-Bereich, es musste einfach klappen.
Man sagte den Amerikanern zwar allgemein nach, dass sie streng bei Ein- und Ausreise waren, aber mit seinem guten Englisch und dem weißen Zahnpastalächeln konnte Lukas die Damen und Herren überzeugen. Zehn Minuten vor Abfahrt durfte er schweißgebadet mit Jan an Bord gehen. Entgegen der ersten Einreise vor einer Woche, waren die Leute

hier mega entspannt. Wahrscheinlich hatte das Personal am Flughafen ganz spontan entschieden, welche Nase ihnen gefiel und welche nicht. Jan fand es prinzipiell viel zu aufwendig, was man auf diesem Trip an manchen Orten alles ausfüllen musste. Er kannte die Einreisebestimmungen der USA mittlerweile fast auswendig. Da konnte ihn auch der schnelle Check-in hier an Bord nicht besänftigen.

Waltraud und Werner Krause waren seit zwei Stunden auf dem Schiff. Sie hatten sich einen Eindruck über die langen Gänge, die Kabinenanordnung und die Lage der Restaurants verschafft. Wenn man täglich von ihrer Suite den weiten Weg zum Essen ging, konnte man sich nach der Reise konditionell bei einem Marathon anmelden.
Ihr Bustransfer vom Flughafen Miami bis zum Hafen nach Fort Lauderdale hatte zwar lange gedauert, dafür fuhren sie an riesigen Gebäuden und Bauwerken vorbei. Beide waren erschlagen von den neuen Eindrücken und Erlebnissen. Ja, hier sah es so ganz anders und viel wuchtiger aus als in ihrem über alles geliebten Schleswig-Holstein. Als Entschädigung für diesen Kulturschock schien schon den ganzen Tag die Sonne.
Werner rief zum wiederholten Male in Deutschland an.
«Waaaltraud! Die Kinder gehen nicht ran. Wozu haben die denn ihre Handys? Ob bei uns eingebrochen wurde? Mone soll mal nach dem Rechten gucken! Du weißt doch, im Gasthof gegenüber haben sie vor

zwanzig Jahren die Sparfächer geknackt und niemand hat etwas gemerkt!»
«Werner, wir sind erst zwei Tage weg. Übrigens ist es zu Hause gleich elf Uhr abends, die schlafen bestimmt schon.»
«Wieso? Mone guckt sonst auch die ganze Nacht Ufo-Fernsehen und unser Schwiegersohn liegt wahrscheinlich betrunken bei der Feuerwehr. So viel zum Thema *schlafen*. Ach, ich probiere es später noch einmal. Bei uns ist eh nichts mehr zu holen, wir haben ja unsere ganze Kohle für Kakao ausgegeben.»
Werner hatte keine Lust sich über seine ignoranten Kinder zu ärgern.
«Die Insel heißt Curaçao ...»
«Quatsch, Curaçao ist ein blauer Schnaps» Werner fiel seiner Frau ins Wort.
«Und wo kommt dieser Schnaps her? Dort gibt es eine Likörbrennerei.» Waltraud wollte sich diesen Trumpf instinktiv etwas länger aufheben, aber ohne die aktuellen Fußballergebnisse konnte ihr Mann unausstehlich werden!
«Komm, wir schauen uns an, wie das Schiff ablegt.» Sie merkte, wie unbändige Vorfreude in ihr aufstieg. «Das sieht von oben sicher toll aus!» Sie wollte unbedingt sehen, wie die Häuser und Menschen kleiner wurden, wenn sich ihre *Kaiserin der Meere* vom Hafen entfernte.
Werner wusste dagegen ganz und gar nicht, was er da oben sollte und dann dieser bescheuerte Name für ein Schiff. Fehlte nur noch, dass die Kellnerinnen hier Sissi hießen.

«Ich habe die Gorch Fock direkt vor der Haustür und bereits öfter Kreuzfahrtdampfer im Kieler Hafen ablegen sehen und das nicht nur im Juni zur Kieler Woche. Also weshalb soll ich mich da oben zu den Anderen quetschen?»

Am Ende ging er Waltraud aber doch nach. Vielleicht verlief sie sich sonst, sie kannte sich auf der großen weiten Welt ja so gar nicht aus und außerdem besaß Werner den eindeutig besseren Orientierungssinn. Bei einer Frau, zwei Töchtern und einer Schwiegermutter, die jahrelang bei ihm im Auto mitfuhren, war das auch kein Wunder.

Die beiden jungen Männer Mitte 30, die ihn auf dem Weg nach oben fast umrannten, irritierten ihn nicht nur, weil sie mehr schwitzten als seine Ü 60 Mannschaft nach zwei Halbzeiten, sondern, weil sie wahnsinnig viel Gepäck dabeihatten. Normalerweise wurden die Koffer der Reisenden in die Kabinen gebracht, aber mit solchen dubiosen Gestalten wollte er sich später beschäftigen. Irgendwie musste man sich hier doch die Zeit vertreiben.

Die Abfahrt des Schiffes war für die Crew und die Handvoll Schaulustigen an Land längst Routine geworden. In Fort Lauderdale legten täglich so viele Kreuzfahrtriesen ab, dass ein Auslaufen kaum Beachtung fand. Für die Passagiere war es aber häufig die erste große Kreuzfahrt ihres Lebens und somit ein aufregendes Abenteuer. Sie standen an der Reling und winkten den Menschen an Land freundlich zu. Als die Auslaufmusik ertönte, bekam nicht nur

Waltraud Gänsehaut. Sie schaute in die Ferne und freute sich auf die nächsten Tage. Was würde sie in diesem Urlaub erwarten? Ach und dann wollte sie ihrem Mann etwas Wichtiges erzählen, aber das eilte nicht.

Werner kniff die Augen zusammen. Die Sonne blendete ihn auch noch am späten Nachmittag enorm. Zu Hause besaß er einen Schirm und eine Markise, hier war er der Hitze schutzlos ausgeliefert. Er spürte sehr wohl, wann seiner Frau etwas auf dem Herzen lag, aber er kannte sie mit den Jahren schon so gut, dass er sich in Geduld übte. Krank war sie nicht, das hatte ihm Gerda, Lothars Frau, verraten. Die arbeitete nämlich beim Arzt. Nur zwei Mal die Woche, weil sie bald 65 wurde, aber sie hatte ihm erklärt wie gut Waltrauds jährliche Untersuchung gelaufen war. Waltraud schien fit wie ein Turnschuh und das war für Werner die Hauptsache. Alles andere würde er locker verkraften.

Das Schiff lief langsam aus und die Häuser und Gebäude in Fort Lauderdale wurden immer kleiner.

Eine leichte Brise wehte der schönen exotischen Elsa mit den langen schwarzen Haaren um die Nase. Auf See wirkte das Klima deutlich angenehmer und vielleicht würde sie ja sogar Delfine entdecken. Sie hatte sich darüber informiert, welche Arten es in der Karibik auf offenem Meer zu sehen gab. Ihr Freund Christian-Thomas redete zwar dauernd von dem Delfin in der Eckernförder Bucht, aber das war doch nicht das Gleiche!

Noch vor dem ersten Dinner mussten sich alle Reisenden an Deck einfinden. In mehreren Sprachen wurde die allgemeine gesetzliche Sicherheitsübung ausgerufen. Werner hatte keine Lust.
«Meine liebe Waltraud, ein so teures Schiff kann gar nicht untergehen. Selbst unser 30 Euro Schlauchboot von Krümet hält sich über Wasser und hier gibt es zusätzlich diese Westen, die uns sowieso unsinkbar machen. Außerdem ist das Meer bestimmt warm. Zu Hause in der Ostsee baden wir auch ab 16 Grad. Was soll also passieren? Du guckst einfach zu viel Fernsehen!»
«Werner, das ist eine Pflichtveranstaltung. Wir müssen an Deck gehen, sonst fangen die nicht an. Das hat man uns vorhin schon gesagt.» Heute wunderte sich Waltraud über ihren Mann. Er war doch normalerweise so neugierig. Wahrscheinlich fehlten ihm die Bundesligaergebnisse oder ihm bekam die viele Sonne nicht.

Das erste Abendessen an Bord

«Ich habe zu Hause angerufen, Bayern hat Wolfsburg mit vier zu null aus der Allianz Arena geschossen. Die haben in Calberlah tatsächlich schon geschlafen, dabei ist es dort erst halb eins. Sonst säuft unser werter Herr Schwiegersohn doch auch die ganze Nacht.» Werner lächelte zufrieden. Sein Heimatverein hatte den Tabellendritten geschlagen und seine Bayern schienen voll in der Spur. So konnte es weitergehen. Er wusste natürlich, dass seine Lieblingsmannschaft in den letzten Jahren häufiger gewonnen hatte, aber darauf gab es leider keine Garantie. Er persönlich freute sich über jedes Tor seiner Bayern wie ein Schneekönig, ob das seine HSV-Kumpels nun verstanden oder nicht. Es war für Werner im Sport ein wahres Phänomen:
Niemand wollte offiziell gewinnen, weil man sich dann angeblich langweilte, aber so bald eine Mannschaft ein paar Mal gepunktet hatte, wollten alle Titel erringen und niemand redete mehr von dieser bösen Langeweile. Werner war Bayernfan aus Überzeugung und das schon seit Jahrzehnten. Immerhin konnte er diese Liebe seiner jüngsten Tochter vererben, auch wenn Maren aus heiterem Himmel einen VfL Wolfsburg Fan heiraten musste. Na ja, mit den Jahren gewöhnte man sich an alles und so verfolgte

selbst Werner aus Solidarität zu seinem Schwiegersohn den überwiegend durchschnittlichen Fußball der Niedersachsen. Heute spürte er allerdings Oberwasser und amüsierte sich prächtig.

Beim Hereinkommen in den beeindruckenden Speisesaal entdeckte Werner sofort die zwei verschwitzten Kerle vom Nachmittag. Soweit er das als Mann beurteilen konnte, sahen die beiden wirklich gut aus. Dennoch hatte er sie arg auf dem Kieker. Kein Mann machte eine Kreuzfahrt freiwillig und ohne Frauen. Da wirkte etwas oberfaul. Hatten die ihre Frauen in der Kabine gelassen, um Geld zu sparen? Schließlich war nicht jeder derart verschwenderisch wie seine Waltraud. Werner würde genau beobachten, ob die Männer Essen einpackten oder sich verräterisch verhielten. Vielleicht ergab sich ja sogar ein Gespräch.
Es wurde ein meterlanges Buffet mit allerlei Köstlichkeiten angeboten. Vorspeisen, Suppen, Brote, gefühlte 20 verschiedene Hauptspeisen, Essen für Pflanzenfans, Nachspeisen und eine Eistruhe. Sicher war diese Art zu Speisen Geschmackssache, aber Werner empfand wenig Lust jedes Mal zwei Kilometer spazieren zu gehen und zehn Minuten anzustehen, nur weil er Hunger bekam. Da konnten ihn auch Argumente wie *mehr Auswahl* und *man lernt am Buffet fremde Leute kennen* nicht locken. Er wollte bedient werden, wenn er fürs Essen gehen bezahlte. Leider hatte sich seine Frau bei der Buchung nicht um so logische Dinge gekümmert. Das war

ihm bereits Donnerstagnacht beim Umpacken der Koffer aufgefallen. An praktische Sachen wie ein Fernglas oder einen Bieröffner hatte sie nicht gedacht. Wahrscheinlich zog da ohnehin Agnes die Fäden. Die meinte schon immer, sie müsste Waltraud alles aufschwatzen, was sie selbst gut fand. Ihr Mann bezeichnete sich als Chef in der Modeindustrie, daher gab es keinen Urlaub ohne große Reise. Na gut, nun konnten sie ja mitreden.

Elsa und Christian-Thomas setzen sich in die Nähe dieses merkwürdigen, aber sehr unterhaltsamen älteren Ehepaares. In den Ferien stellten die Probleme der anderen eine tolle Ablenkung zum eigenen Leben dar. Elsa war mittlerweile 34 Jahre alt und mit einer dunklen Hautfarbe nebst dunkelbraunen Augen gesegnet. Sie trat am Liebsten in ihrem roten Anorak auf. Seit über zwei Jahren arbeitete sie als Ärztin an einem Krankenhaus und vor ungefähr zehn Jahren verliebte sie sich in ihren Freund. Sie wussten es beide nicht mehr genau, aber ihre Beziehung machte sie glücklich. Christian-Thomas war neun Jahre älter, Personalberater, intelligent, angenehm groß, sportlich, gepflegt und äußerst nett. Er ging im Anzug zur Arbeit und machte ganz schön was her. Leider mochte er weder Handys noch Fernseher oder andere Technik, was zwei Jahre lang dazu führte, dass Elsa die einzige Ärztin im Krankenhaus war, die keine WhatsApp-Nachrichten empfangen konnte. Jedenfalls hatte sie sich in diesem Urlaub durchgesetzt, beide besaßen sms-fähige Handys.

Das schien für den Anfang vollkommen in Ordnung. Manchmal empfand sie die mangelnde Technik in ihrem Leben als peinlich, manchmal war es aber auch herrlich ruhig. Sie wollte ja nicht jedes Details ihres Alltags mit der ganzen Welt teilen.

Elsa wurde als Baby adoptiert und kam von der Karibikinsel Curaçao. Sie wusste nicht viel über ihre Geschichte. Ihr Vater hatte sie damals mitgenommen, weil er zufällig in der Karibik arbeiten musste. Mit ihrem exotischen Aussehen galt sie auf dem Land als Sensation, jeder wusste wie sie hieß und wo sie herkam. Heute war das glücklicherweise anders, es gab überall verschiedene Menschen aus anderen Kulturen und sie fühlte sich so oder so durchweg Deutsch. Bloß ihr Vorname, der ging ihr ganz schön gegen den Strich. Christian-Thomas kam nur mit auf diese Reise, weil er seinem Chef einen holländischen Bildungsurlaub raus leiern wollte, was aber im letzten Moment abgelehnt wurde. Da die Firma holländische Kunden betreute, plante Christian-Thomas die ganze Zeit über Niederländisch zu lernen und seinem Chef damit zu imponieren.

Elsa wollte schon vor Jahren nach Curaçao fahren, nur leider konnten sie und ihr Freund sich allgemein sehr schlecht entscheiden. Das war auch der Grund, warum diese Reise immer und immer wieder verschoben werden musste.

Netterweise hatten Elsas Eltern ihnen zu Weihnachten einen Weiterflug von Miami nach New York geschenkt, so würden sie nach den ganzen

Eindrücken am Ende dieser Kreuzfahrt ein paar ruhige Shoppingtage verbringen können.

Am Buffet gab es unendlich viele leckere Variationen. Elsa entschied sich nach langem Überlegen für Carpaccio vom Rind und wurde sogleich von dem lustigen Rentner am Nebentisch belehrt.
«Falls Sie morgen noch keine Diarrhöe haben, probiere ich das auch mal!»
«Werner, also bitte!» Waltraud versank vor Scham im Boden. «Lass doch die junge Dame in Frieden!»
Elsa musste schmunzeln. Sie kannte die Probleme der Menschen aus ihrem Berufsalltag. Viele Patienten litten an seltenen Krankheiten oder gar Magenkrebs, wenn sie am Abend zuvor bei einer Grillparty fünf Stücke Fleisch und sieben Liter Bier vertilgt hatten. Noch besser waren aber Angehörige, die nach zwei Minuten wissen wollten, welche Ursache die Kopfschmerzen des Patienten genau hatten. Natürlich nahm Elsa ihren Beruf sehr ernst, krank sein wollte niemand und es war ihre Mission, die Menschen zu retten und zu heilen. Trotzdem musste man über die ein oder andere Leidensgeschichte ein wenig schmunzeln. Sie arbeitete ja nicht als Hellseherin, sondern als Ärztin und dazu gehörte es nun mal, Menschen zu untersuchen. Leider dauerte das den Leuten grundsätzlich viel zu lange.

Als Werner von seinem letzten Buffetgang zurück an den Tisch kam, drohte er fast zur Seite zu kippen, weil er völlig überladen war. Kleine Würstchen,

Küchlein und auch zwei Stücke Rindercarpaccio hatte er fein säuberlich in Servietten gewickelt. Er schwankte.
«Waltraud wir können los, wir haben doch einen Kühlschrank auf dem Zimmer!»
«Werner, wir bekommen morgen früh wieder etwas zu essen. Außerdem gibt es hier Restaurants, die 24 Stunden lang Snacks anbieten. Du musst dir nichts mit in die Kabine nehmen und überhaupt, ich dachte, du hast Angst um deinen Magen?» Waltraud versuchte es mit dieser Masche.
«Ach Quatsch. Ich wollte nur wissen, wo die junge Frau herkommt. Von wegen Akzent und so.» Seine Gattin war aber auch schwer von Begriff und da hieß es immer, Weiber würden alles durch die Blume verstehen.

«Wo sind eigentlich diese zwei dubiosen Männer hin?» Werner schaute sich suchend um. Die konnten sich doch nicht unsichtbar machen oder hatte Waltraud etwas beobachtet? «Ich gehe mal nachsehen.»
Waltraud blieb sitzen. Es würde schon nichts passieren...

Tja, zu früh gefreut.

«MANN ÜBER BORD,

MANN ÜBER BORD»

Werner schrie sich die Seele aus dem Leib. Von drinnen drangen die Klänge der Band zu ihm vor. Wozu sollte man zum Essen bloß Musik hören? Und wieso solch ein Gedudel?
Hier war niemand. Die jungen Männer mussten ertrunken sein.

«HIIILFEEEEE, MANN ÜBER BORD!»

Warum kam denn hier keiner? Welch ein Saftladen! Sie hatten 10.000 Euro bezahlt, aber es war weit und breit kein Rettungsteam zu sehen. Die moderne Welt sparte immer am falschen Ende, aber das wusste Werner schon lange. Er holte tief Luft:

«ZU HIIIILFEEEEEE!»

Endlich kamen die ersten Leute an die Reling. In Windeseile versammelte sich um Werner eine ganze Menschentraube.
Nur Waltraud, die traute sich nicht nach draußen. Es musste etwas Peinliches passiert sein, wenn ihr Mann darin verwickelt war, das konnte sie sich an drei Fingern abzählen.
«Wer ist denn über Bord gegangen?» Ein netter Herr in Uniform wandte sich an Werner.
«Die Namen weiß ich nicht, aber eben standen hier noch zwei junge Männer und die sind jetzt weg, so schnell löst sich doch niemand in Luft auf!» Werner wurde es zu bunt. Er wollte bloß helfen, hier war Gefahr in Verzug! Meine Güte, diese Crew-Leute

schienen wirklich schwer von Begriff zu sein. Das musste an der Sonne liegen.

«Aha, vielleicht sind die zwei Herren in ihre Kabine gegangen?» Der uniformierte Schiffskasper nahm ihn überhaupt nicht ernst und die Menschentraube löste sich langsam wieder auf. Manche lachten, Andere schüttelten mitleidig den Kopf.

«Ich bleibe dabei, die Männer sind weg!»

«Das kann ja sein, Herr Krause», Werner war also bereits allseits bekannt, «aber die Herren haben sich wohl kaum zusammen über Bord geworfen.»

«Und warum nicht?» Werner fühlte sich ganz in seinem Element. «Möglicherweise hatten sie Liebeskummer? Ein bisschen, wie sagt man, äääm, unter Männern verliebt, wirkten sie schon.» Werner glaubte zwar fest daran, dass die beiden ihre Frauen versteckt hielten, aber so tief reinreiten wollte er die jungen Kerle dann doch nicht. Ehre unter Männern versteht sich und er konnte diese Art zu sparen vollkommen nachvollziehen.

«Man nennt es *schwul*, Werner.» Waltraud kam nach draußen und trat hinter ihren Mann. Vielleicht konnte sie noch etwas retten?

«Waltraud, ich bitte dich, wir haben Kinder!»

Nein, modern würde man Werner definitiv nicht mehr bekommen, jedenfalls nicht heute.

Jan und Lukas vertraten sich währenddessen ein wenig die Beine, so ein Schiff bot unheimlich viel Platz und draußen durfte man sogar joggen gehen, wenn einen der Sporttrieb überkam. Ihnen war die

Menschentraube auf dem Unterdeck durchaus aufgefallen, aber der ältere Herr stand wohl gerne im Mittelpunkt. Jan hatte alles im Blick. Nicht, dass die Kabinen der anderen Passagiere ausgeraubt oder Heimatadressen erhascht wurden. Er wollte dringend zurück ins Restaurant und nach dem Rechten sehen. Sie könnten ja ein Eis essen oder sowas.
Beim Betreten des Restaurants wurden Jan und Lukas komisch beäugt. Hatten sie Essenreste oder anderen Dreck im Haar oder Gesicht? Komisch, die Leute guckten, als wären sie gerade aus einem Ufo entstiegen.
Werner kannte kein Halten mehr. Da spazierten die Übeltäter einfach hier herein, als wäre nichts gewesen und wollten Nachspeisen essen. So NICHT! Die jungen Menschen von heute hatten wirklich gar keinen Anstand mehr! Er fragte sich, ob ihm die Erziehung seiner Töchter besser geglückt war.
«Heeee sie, Stopp!»
Jan lies am Buffet fast sein Eis fallen.
«Wissen sie eigentlich welche Sorgen wir uns gemacht haben? Ich dachte, sie wären über Bord gegangen.» Werner polterte.
Das Paar schaute sich irritiert an.
«Entschuldigen sie», Lukas wandte sich an Werner, «wir machen hier unsere Hochzeitsreise und sind gerne allein.» Er wusste gar nicht, was der Herr von ihnen wollte. Wurden sie beobachtet oder hatte der Mann hier noch nie zwei Schwule gesehen?
«Ja und was sagen ihre Frauen dazu? Haben sie die in der Kabine eingesperrt?» Werner stand auf dem

Schlauch.
Jan wunderte sich, er kam vom Dorf und wusste, wie wenig die Generation 60 Plus für homosexuelle Ehen übrighatte, aber dass ihm gleich versteckte Ehefrauen angedichtet wurden, war eindeutig zu viel des Guten. Zudem traute er diesem durchgeknallten Senioren keinen Pfennig über den Weg. Er lächelte und schwieg. Diesem kriminellen Rentnerpärchen musste er während dieser Fahrt definitiv das Handwerk legen!

Werner lief wutschnaubend zu Waltraud zurück. «Komm, wir gehen, mir ist das hier zu unanständig. Entweder verschwinden die Passagiere oder sie sabbeln dummes Zeug. Lass uns abhauen! Ich horte im Zimmer diverse kleine Chipstüten, die ich der Kellnerin im Flugzeug abgeluchst habe. Das reicht als Mitternachts-Snack. Außerdem soll man sich abends sowieso nicht mit kalten Speisen vollstopfen, da kann kein Mensch nach schlafen.»
Zu Waltrauds Kummer fiel das Dessert also aus. Sie tröstete sich heimlich. Sie würde ja noch oft die Möglichkeit haben diese exquisiten Köstlichkeiten zu probieren.

Jan sah dem Ehepaar skeptisch nach. Spätestens am nächsten Seetag würde er sich die beiden genauer anschauen. Vielleicht war das heute Abend alles eine Inszenierung, er kannte solche Verhaltensweisen aus seiner beruflichen Laufbahn.

Morgen stand der erste Ausflug an. Lukas wollte unbedingt nach Key West und dort das Hemingway House sehen. Er liebte diesen berühmten Schriftsteller und konnte es kaum erwarten das zu Hause nebst Museum des Literaturnobelpreisträgers von 1954 zu besichtigen. Obendrein sollte es dort einen wunderschönen Leuchtturm und einige interessante Fleckchen Erde geben. Sie wollten Key West auf eigene Faust erkunden.
Lukas hatte viel über die pastellfarbenen kleinen Holzhäuser mit den entzückenden Verandas gelesen und auch einen Key Lime Pie wollte er probieren. Angeblich war dieser kleine Kuchen *das* Nationalgericht. Key West galt allgemein als sehr extrovertierter Ort. Hier lebten Homosexuelle, Hippies und unerschrockene Lebenskünstler gemeinsam am südlichsten Zipfel Floridas. Über die Jahre hatte sich die Stadt mit ihrem amerikanisch-kubanischen Flair zu einem weltoffenen Treffpunkt für alle Menschen dieser Welt entwickelt, was regelmäßig mit verschiedenen Veranstaltungen unterstrichen wurde.

Jan dagegen verspürte keine echte Lust und sah diese ganze Reise im Allgemeinen kritisch. Er war kein Fan von täglichen Stadtbesichtigungen.
So schlimm würde es morgen schon nicht werden.
Erst einmal sollten sie ins Bett gehen oder sich nett auf den Balkon setzen. Dank seiner Ersparnisse konnten sie sich eine richtig großzügige Kabine leisten. Sie wohnten, ebenso wie Werner und Waltraud

Krause, in einer Suite mit großem Doppelbett, einem gemütlichen roten Sofa und mehr Fläche als in ihrem heimischen Schlafzimmer. Lukas besaß aber auch so viele Klamotten, der würde in einer kleinen Kabine Platzangst bekommen.

Außerdem musste die Aussicht vom Balkon gigantisch sein.

Key West und Werner sitzt fest

Endlich war es soweit, der erste Landgang stand auf dem Programm. Waltraud & Werner, Jan & Lukas, Elsa & Christian-Thomas und noch viele viele andere Passagiere standen schon morgens auf dem Oberdeck und beobachteten das Anlaufen des Hafens. Die frühe Morgenluft roch frisch und leicht süßlich.

Werner blickte nachdenklich nach rechts. Hier lagen wirklich viele große Dampfer im Meer. Entweder waren die alle halb leer oder der Rest der Menschheit bekam deutlich mehr Rente als er und seine Frau. Wie konnte man sich um Himmels willen als normaler Bürger solch eine Kreuzfahrt leisten? Bei den Massen musste ja die halbe Welt unterwegs sein. Gerade jetzt wünschte er sich in sein beschauliches kleines Dorf an der Ostsee zurück.
Waltraud lächelte begeistert. In der Ferne konnte man eine kleine Insel entdecken. Die Temperaturen waren bereits am frühen Morgen herrlich warm und sie freute sich ungeheuerlich, in Ruhe durch die Gassen zu schlendern oder bei der Führung jede Menge Informationen über dieses niedliche Städtchen zu erhalten.

Jan und Lukas standen weit vom Gitter entfernt. Sie trauten sich unter Werners Blicken nicht weiter zum Rand des Schiffes. *Ein Mann über Bord* pro Reise reichte Ihnen völlig aus.

Das Ehepaar Krause wirkte allgemein sehr irritierend auf sie, hatte die Frau nicht erzählt, dass sie aus dem hohen Norden kamen? Weswegen trug der Mann dann ein Volkswagen T-Shirt mit einer Golfwerbung auf dem Rücken? Der große Autobauer saß doch in Wolfsburg oder bezeichneten manche Menschen dieses Gebiet als hohen Norden? Jans Theorien verdichteten sich, irgendwas schien hier ganz und gar nicht koscher.

Waltraud hatte eine organisierte Führung gebucht. Es war nicht leicht, ihren Mann davon zu überzeugen, dass Landgänge extra bezahlt werden mussten. Er rechnete immer noch heimlich nach, wo seine 10.000 Euro genau hinflossen. Auch, wenn auf dem Schiff jedes Bier und jeder Cocktail kostenlos oder längst bezahlt waren, konnte er sich keinen Reim darauf machen, wofür sein hart erspartes Geld ausgegeben wurde. Waltraud betete, hoffentlich erzählte niemand Werner von den fünffachen Kosten, die eine Suite im Gegensatz zu einer Innenkabine verursachte.

Christian-Thomas interessierte sich nur minimal für Key West. Sonne und Hitze waren nicht nach seinem Geschmack, auch nicht, wenn es bunte Häuschen und Museen zu besichtigen gab. Natürlich zeigte er sich aber Elsa zu Liebe euphorisch.

Entgegen des reichhaltigen Angebotes starteten die meisten Reisenden ohne Frühstück. Das Schiff legte bereits um sieben Uhr morgens an und es wollte doch jeder ganz viel vom Tag haben. So kam es, wie es kommen musste.
Werner hatte Hunger. «Haaalloooo, wo bekomme ich hier was zu essen?»
«Da müssen sie sich etwas kaufen.» Immerhin konnte der Reiseleiter Deutsch.
«Wie kaufen?» Werner wurde wütend. «Meine Frau hat *alles mit drinnen* gebucht. Ich kann den ganzen Tag Essen und Trinken was ich möchte. Wir haben längst bezahlt!»
«Ja auf dem Schiff, nicht aber an Land.» Der Mitarbeiter hatte schon von seinen Kollegen von diesem drolligen Passagier gehört.
Werner war beleidigt. Er musste Geld bezahlen, um sich bei einer mörderischen Hitze amerikanische Holzhäuser anzuschauen und bekam nicht mal etwas zu essen? Wie sehr sehnte er sich in solchen Momenten nach seinem Fußballplatz oder zumindest dem heimischen Sofa und dem Grill im Garten. Er und seine Frau besaßen einen Extra-Schrank für alte Winterjacken, die stinken durften, so konnte man auch bei Schnee und Eis ein wunderbares Lagerfeuer im Garten machen, Punsch kochen oder Würstchen grillen.

Plötzlich fuhr ein Auto vorbei. Nein, nicht irgendein normales Auto, es handelte sich hierbei um ein riesen Ding, welches in Deutschland nur Bauern in ihrem Besitz hatten. Dieses Gefährt schien dazu über und über mit Muscheln oder Tieren beklebt zu sein. Also wirklich, die Amis waren ja eh nicht gerade für ihre Umweltliebe bekannt, aber so etwas ging selbst Werner zu weit, bei diesem Ausflug wunderte ihn gar nichts mehr. Jedes zweite Auto stand mit laufendem Motor auf der Straße, wahrscheinlich damit die Klimaanlage nicht ausging, aber in Deutschland die Automobilhersteller verklagen, weil irgendwelche Werte nicht stimmten. Das passte nicht in Werners Welt. Er war nicht penibel, nur gerecht sollten die Menschen zueinander sein. Leider hatte man solche Prinzipien allein in kleinen Dörfern an der Ostsee. Er wurde für seine Einstellung nämlich schon seit Jahren belächelt oder ausgelacht.

Vielleicht war das beklebte Auto aber auch eine Fata Morgana? Wer nichts aß und trank, konnte nachweislich schneller kollabieren oder Gespenster sehen. Werner musste diesem Meeresmobil auf den Grund gehen. Leise und vorsichtig entfernte er sich von der Gruppe. Waltraud würde es überleben, ihr ging es sowieso eher um die rosanen Puppenhäuschen am Wasser und in den Gassen.

Praktischerweise saßen in dem Café, in dem sich Werner erstmal stärken wollte, die jungen Männer vom Schiff. Natürlich wie immer ohne Ehefrauen. Komisch, welche Frau gab ihrem Mann denn so viel Taschengeld mit? Ihm schien das alles suspekt, aber die beiden hatten Kuchen auf dem Teller und dieser verströmte einen fast göttlichen Duft. Eventuell konnte Werner ein paar Gesprächsfetzen erhaschen, wenn er sich dicht genug an die Zwei heransetzen würde.

Oh man, DER schon wieder. Jan rollte genervt mit den Augen. Das Café am Wasser war nicht besonders gut besucht, trotzdem musste sich Herr Krause an den Nebentisch setzen. Merkwürdig. Ob er sie ausspionieren wollte? Zuzutrauen wäre es ihm auf jeden Fall.

«Haben sie dieses Muschelauto gesehen?» Werner wollte es mit Smalltalk versuchen. «Diese Zerstörung der Umwelt ist eine Frechheit.»

«Nein, ganz und gar nicht, der Fahrer war letztens im Fernsehen, in einer Reportage über Key West. Er ist eher ein Umweltschützer und beklebt sein Auto nur mit Meeresgut, welches weder geschützt ist, noch lebt.» Lukas wollte ein bisschen klugscheißern.

«Aha.» Werner zeigte sich wenig beeindruckt. «Ich würde mir das Ganze gerne mal aus der Nähe angucken. Bloß, weil das im Fernsehen gezeigt wurde, stimmt es noch lange nicht.» Meine Güte waren die jungen Leute von heute naiv.

Nach seiner Kuchenpause ging er gestärkt die kleinen Gassen entlang, ja schön war es hier durchaus. Er musste sich unbedingt ein paar Details merken, sonst würde er seinen Fußballkumpels zu Hause gar nichts zu erzählen haben.

Die Möglichkeit die Muschelkutsche von Nahem zu betrachten, ergab sich schneller als gedacht. Mitten an einem kleinen Strandabschnitt stand dieses Gefährt direkt vor Werners Augen. Er schaute sich alles ganz genau an. Überall klebten mittels Bauschaum Muscheln und Fischköpfe oder Unterwassergewächse am Auto. Werner war beeindruckt und wollte nur mal kurz reingucken.

Was ließen die Leute hier auch alle ihre Autos auf? Wie von Geisterhand saß er plötzlich auf dem Fahrersitz eines fremden Fahrzeuges mitten in Amerika. Na ja…. soooo anders als sein Skoda sah es auch nicht aus, wenigstens nicht von innen. Werner wusste, dass er sich so schnell wie möglich vom Acker machen musste, aber diese Muscheln und der andere Krempel zogen in magisch an. Er selbst sammelte kleine Porzellanfiguren in seinem heimischen Keller, leider ließ Waltraud diese regelmäßig runterfallen. Sie dachte zwar, er würde es nicht merken, doch er wusste genau wie peinlich seine Frau und seine Töchter die meisten seiner Errungenschaften fanden. Sie ließen manche Stücke Mittwochabends heimlich in der Restmülltonne verschwinden. Nur seine große Keramik-Kuh, die durfte für immer am Gartenteich stehen bleiben. Er könnte seine Sammlung mit Bauschaum an der Garage oder vielleicht auf der Terrasse befestigen, die Idee war nicht schlecht. Im Geiste plante er bereits die einzelnen Kreationen. Waltraud mochte seine Absichten sicher nicht, aber nach dieser Reise musste sie sich kooperativ zeigen. Er machte ja auch zwei Wochen lang, was sie wollte.

Mitten in diese Überlegungen tauchten zwei Gestalten vor Werner auf. Oh oh, die sahen eher aus wie Polizisten aus dem Fernsehen. Zu seinem Bedauern gab es sogar in Deutschland mittlerweile alles rund um die Polizei nur noch in Blau. Er persönlich vermisste Aussagen wie *da kommt die grüne Minna*, aber ihn fragte ohnehin mal wieder niemand. Diese beiden Polizisten hier redeten jedenfalls wie wild auf ihn ein. Werner verstand kein Wort. Er stieg vorsorglich lieber aus.

«Sorry.» Ja, das schien ihm der richtige Ausdruck. Das war doch Englisch, oder?

«Sorry. Sorry. Sorry.» Werner wiederholte sich ein paar Mal, um seiner Entschuldigung Nachdruck zu verleihen. Leider kam jetzt ein dritter Mann hinzu und schaute ihn böse an. Was wollten die denn bloß? Er hatte wirklich nichts kaputtgemacht, sondern nur geguckt und Probe gesessen. Gastfreundlich war aber auch etwas Anderes und das nannte seine Frau *in der Karibik gibt es nur entspannte Menschen.*

Er versuchte es mit Zeichensprache, nahm seinen Arm hoch und zeigte Richtung Hafen. Anscheinend verstand die Polizei Werner falsch, ehe er sich versah, drückte ihn der eine Polizist an die Wand und tastete seinen Körper ab. Was sollte das denn? Er war doch nicht schwul. Eine tiefere innere Stimme sagte Werner allerdings, dass er lieber stillhalten sollte. Offensichtlich wurde das Probesitzen in fremden Autos hier mit einer lebenslangen Haftstrafe geahndet.

Die drei Männer redeten und redeten. Werner bekam Kopfschmerzen. Er verstand nur Bahnhof. Lediglich bei dem Wort *arrest* zuckte er kurz zusammen. Er wollte hier keinen Arrest machen, sooo toll sah es hier ja nun auch nicht aus. *Passport* begriff er ebenfalls, aber sein Pass war bei Waltraud. Die hatte eine große Handtasche dabei, da musste Werner sich nicht mit solch überflüssigen Dingen abschleppen. Er überlegte, vielleicht würde sein Ehering Licht in diese Situation bringen. Die Polizisten konnten bestimmt ohne deutsche Sprachkenntnisse begreifen, dass Werner mit seinem Ring eigentlich seine Frau meinte, weil bei ihr eben sein Pass war. Er hob den rechten Arm und zeigte auf seinen Ring. Die Polizisten glaubten jedoch engstirnig, er würde sie mit einem wertvollen Schmuckstück bestechen wollen. Die beiden wurden immer lauter. Werner dachte nach. Hierbleiben wollte er nicht, Geld hatte er nur wenig in der Tasche und das Schiff durfte er auf keinen Fall verpassen. Wie spät es wohl mittlerweile war? Die Sonne brannte ohne Erbarmen auf ihn nieder. Es konnte also noch nicht Nachmittag sein, dafür fühlte es viel zu heiß an. Werner tropfte der Schweiß von der Stirn. Nahmen sie ihn jetzt mit? Der eine Polizist ging knurrend zum Funkgerät.

In diesem Moment bog die schöne dunkelhäutige Frau vom Buffet nebst Mann um die Ecke. Sie trug ein adrettes buntes Sommerkleid mit Schmetterlingen. Werner schöpfte Hoffnung. Er winkte und versuchte wild mit den Armen zu gestikulieren, was den einen Polizisten noch mehr in Rage brachte, aber Werner hatte Glück, Elsa und ihr Freund eilten ihm zu Hilfe. Nachdem die Gruppe wild durcheinanderredete, wurde Christian-Thomas langsam klar, dass Herr Krause kein Englisch konnte und irgendetwas verbrochen hatte. Langsam und besonnen begann er zu übersetzen. Werner sollte sich ausweisen und dringlichst entschuldigen, sonst würde das Schiff nachher ohne ihn auslaufen.

Aber wo befanden sich Frau Krause und die anderen Teilnehmer der Führung?

Werner und Waltraud hatten natürlich keine Handys dabei. Werner war dagegen gewesen. Er nutzte in Deutschland zwar einen Paartarif und auch WhatsApp, aber nachdem er seine Frau einmal aus Versehen sieben Stunden am Stück angerufen hatte, obwohl sie zusammen auf dem Sofa lagen, nein, seitdem war er gegen diesen Handywahn. Zugegeben, Werner hatte eines in seiner Kabine an Bord liegen, aber das sollte lediglich dazu dienen, in Deutschland die Fußballergebnisse zu erfragen und nicht, um von Amerika aus seinen Anbieter zu sanieren.

Elsa wusste einen Rat, sie war nicht nur schön, sondern auch plietsch. Sie rief die Notfallnummer des Schiffes an und fragte, wo die Reisegruppe sein könnte und ob der Reiseleiter ein Telefon mithätte, dann gab sie ihren Standort durch. Och, sie fand dieses Spektakel ganz amüsant, dieser drollige Herr bot großes Unterhaltungspotenzial.

Nach zehn Minuten hielt ein Taxi vor der Gruppe. Waltraud und der Reiseleiter stiegen aus.
Werner bemerkte gleich den düsteren Blick seiner Gattin. Begeistert war sie nicht, da konnte er sich nachher auf eine Predigt gefasst machen, wenn er überhaupt mit an Bord durfte.
Es dauerte noch eine weitere Stunde, bis sich alle Beteiligten einigten. Werner hatte großes Glück gehabt. Der Besitzer des Muschelmobils fand ihn eigentlich sehr nett und verstand seine Begeisterung. Gegen eine Umweltspende kam Werner relativ ungeschoren davon. Allerdings konnte er den Schein nicht erkennen, den Waltraud dem Herren in die Hand drückte. Na ja, es half alles nichts, andere Länder, andere Sitten. Das hatte schon seine Mutter früher gesagt. Kein Wunder, dass er sich an den Plöner See zurückwünschte.
Waltraud räusperte sich. So leicht würde sie es ihrem Mann in diesem Urlaub nicht machen. Zwar kam er ohne Blessuren davon, aber sie würde sich rächen. Das waren ihr heute ein paar Peinlichkeiten zu viel gewesen. Vielleicht schaffte sie es, Werner aus Versehen einen Tag lang auf einem der nächsten Landausflüge auszusetzen, dann würde er mal sehen, wie es sich anfühlte, spontan allein zu sein. Wobei? Wahrscheinlich nahm so eine Aktion ebenfalls ein katastrophales Ende.

Im Stillen war Christian-Thomas von Frau Krause beeindruckt. Sie gab den Beamten den Pass ihres Mannes, spendete 100 Dollar an den Meeresschutz und lächelte alle Sprachbarrieren einfach weg. Anscheinend waren das über 40 Jahre Übung. Auf diese Weise wollte er später mit seiner Elsa auch leben, natürlich ohne Polizeiszenen, aber das Grundgerüst gefiel ihm gut.

«Ich habe Hunger.» Werner konnte es nicht ändern, sein Magen knurrte. Dieser kleine leckere Limettenkuchen war das Einzige, was er an diesem schrecklichen Tag bisher gegessen hatte.
Waltraud antwortete in einer zischenden Tonlage. «Egal was ich dir jetzt zu essen kaufe, ich würde es dir ins Gesicht drücken, also komm mit und verhalte dich ruhig.»
Ihr Mann schwieg vorsorglich, denn jedes weitere Wort wäre wie Topfschlagen auf einem Mienenfeld.

Sie fuhren aufs Schiff zurück. Hier war immerhin alles inklusive und fast rund um die Uhr geöffnet. Werner lächelte selig. Solch ein Stress und dann diese Hitze, so schnell wollte er mit amerikanischen Muscheln und Autos nichts mehr zu tun haben.

Casino Waltraudal

Nach dem Abendessen, welches komischerweise ohne Katastrophen verlief, wollten sich Werner und Waltraud das Casino an Bord genauer ansehen. Zurzeit sprach jeder in ihrem Bekanntenkreis von Glücksspielen und dem großen Gewinn. Man musste ja nicht die Welt setzen, aber ein kleines Extra-Taschengeld würde Werner gefallen. Leider war seine Gattin wegen der Geschehnisse des Tages derartig sauer, dass er zwar 20 Dollar bekam, sich aber in die andere Ecke der Halle begeben sollte. Waltraud wollte alleine spielen.

Frauen ... - manchmal benahmen sie sich äußerst komisch. Wahrscheinlich waren ihre vier Wochen mal wieder um. Zugegeben, Waltraud schien theoretisch aus diesem Alter raus zu sein, Werner und Lothar hatten jedoch bereits öfter festgestellt, dass ihre Frauen trotzdem alle vier Wochen zickig wurden. Körperliche Gebrechen hin oder her.
Werner drehte sich beleidigt weg. Seine Gattin trug diese grelle Giraffen-Hose, die sie selbst als *senfgelben Traum* bezeichnete und eine Bluse mit Leopardenmuster. Diese Kombination sah furchtbar aus. Wenn Werner Tiere anschauen wollte, ging er in den Zoo. Er mochte diesen Aufzug ganz und gar nicht und das wusste seine Frau natürlich genau.

In der anderen Ecke des Raumen entdeckte er die zwei komischen jungen Männer, anscheinend erneut ohne Partnerinnen. Die würden sich über seine Gesellschaft sicher freuen. Werner setzte sich zu den Zweien an den Tisch. Ihr Kartenspiel verstand er leider nicht, es ging um 21 Punkte oder so. Und diese Plättchen zum Setzen musste er sich eh erst besorgen. Vielleicht behielt er die 20 Dollar aber auch in seiner Hosentasche und kaufte sich davon Zubehör für seine neue Porzellan-Wand. Der Abend hatte ja gerade erst begonnen.

Jan war genervt. Schon wieder dieser leicht kriminelle Mittsechziger, der plötzlich überall dort auftauchte, wo er und Lukas sich auch befanden, da konnte doch etwas nicht stimmen. Seine Frau war spontan nicht zu sehen. Egal, seinem Mann zu Liebe spielte Jan ein bisschen im Casino und versuchte so zu tun, als ob ihm das Ganze Spaß bringen würde. Tief im Inneren hielt er Glücksspiel allerdings für reine Geldverschwendung. Er ging lieber Arbeiten und wusste was am Monatsanfang ganz gewiss auf sein Konto fließen würde. Außerdem war Jan von Natur aus skeptisch. Möglicherweise wurden die Karten manipuliert? Beim Black Jack zu betrügen sollte recht unproblematisch zu machen sein.

Waltraud wollte den Abend genießen. Diese vielen bunten Lampen, die Automaten, die prickelnde Atmosphäre, all das hatte sie bereits im Fernsehen gesehen. Es ging ihr nicht rein um den Gewinn, sie verspürte Lust ein paar neue Spiele zu probieren. Zuerst natürlich Roulette. Waltraud tauschte 100 Dollar, so viel hatte Werner schließlich auch verschenkt, dann konnte sie das schon lange.

Die Luft war stickig, für Waltraud hing sie voller Spannung. Es roch wunderbar unanständig in diesem Casino. Für welche Zahl sollte sie sich entscheiden oder für welche Farbe? Geburtsdaten wirkten langweilig und hatten ihr beim Lotto noch nie Glück gebracht und schwarz war doch keine Farbe. Waltraud zog sich meistens farbenfroh an, Schwarz empfand sie als viel zu deprimierend. Zudem hatte sie bei einer Typberatung gelernt, sich wie ein Frühlingstyp zu kleiden und da passte ein kräftiges Petrol oder ein zurückhaltendes Gelb eh viel besser.

Sie versuchte es anfangs mit Rot – die Kugel rollte los. Ihr Magen kribbelte, wie unglaublich spannend solch ein Spiel sein konnte... nach gefühlten zehn Minuten stoppte die Kugel und lag bei
ROT.

Sie atmete tief aus. Umgerechnet setzte sie lediglich zehn Dollar und bekam 20 zurück. Das war ja toll und so einfach. Sie freute sich am meisten über die Tatsache, dass es hier Jetons gab. Manchmal konnte sie kein Geld mehr sehen. Das hörte sich für andere zwar merkwürdig an, aber diesen Umstand verdankte sie ihrem früheren Beruf. Waltraud hatte in der Volksbank gearbeitet und ihren Job über alles geliebt. Nur Geld zählen mochte sie gar nicht. Es war schön, welches zu haben, aber viele Geldscheine- und Stücke fühlten sich unangenehm an. Trotzdem mochte Waltraud ihre Dorf-Bank, dort kannte sie jeden Kunden persönlich und wusste fast alle Kontonummern aus dem Kopf.

Wie man jedoch in fünf Sekunden aus zehn Dollar 20 machte, das hatte sie in 43 Berufsjahren nicht gelernt. Allerdings waren sie finanziell wirklich nicht so schlecht aufgestellt, wie Werner immer tat. Er haute die Kinder regelmäßig um Dosensuppen per Post an. Natürlich wurde man mit ihrer Rente nicht reich, aber Waltraud verfügte über ein Ass im Ärmel, von dem Werner nichts wusste. Vielleicht erzählte sie es ihm an ihrem 40. Hochzeitstag, der stand nämlich in ein paar Tagen an.

Oh, jetzt hatte sie nicht aufgepasst und ihre Plättchen nicht vom Tisch genommen.

ROT.

Waltraud starrte perplex auf ihre Jetons. Wie jetzt? Sie bekam wieder das Doppelte? Das waren insgesamt 40 Dollar. «Reiß dich zusammen, Schluss für heute!» Sie sprach sich selber Mut zu. So schnell es ging, raffte sie ihre Jetons zusammen. Obwohl? Einmal wollte sie ihre Plättchen noch setzen, oder? Sie konnte ja die zehn Dollar Einsatz abziehen oder sollte sie alles auf den Kopf hauen?

Werner saß mit den zwei jungen Männern in der Ecke beim Kartenspielen. Entweder waren die beiden sehr sozial erzogen worden oder sie wussten nicht, wie sie ihn loswerden sollten. Waltraud dachte nicht weiter darüber nach. Sie hatte sich nach 40 Jahren Ehe endlich eine Pause verdient.

Plötzlich trat ein gut aussehender Mann im feinsten Zwirn an den Tisch.

«Gestatten sie, junge Frau? Mein Name ist Christian-Thomas Krausmann. Darf ich sie zu einem Spiel herausfordern?»

Waltraud überlegte. War der Herr ein Betrüger, ein Schleimer oder wollte er einfach nur zocken? Im schlimmsten Szenario verlor sie 100 Dollar. Viel Geld, aber notfalls verkraftbar. Der junge Mann sah gut aus, also warum nicht? Sie kannte ihn ja bereits aus Key West und da wirkte er durchaus charmant und kompetent. Zusätzlich gab es potenzielle Nachnamensähnlichkeiten und das verband sowieso.

Werner sah den eitlen Gockel schon aus der Ferne. Das war der Freund von der hübschen dunkelhäutigen Frau, die ihn so nett unterstützt hatte als er das Muschelauto besichtigen wollte. Jetzt nahm er neben Waltraud am Spieltisch Platz. Sollte Werner sich einmischen? Nein, dann drohte bloß die nächste Ehekrise, aber Kartenspielen war öde. Gab es denn hier kein Kniffel oder Halma? So viel zum Thema *all-inclusive*. Er beschloss sich ein Bier zu gönnen, das half im Grunde in jeder Lebenslage. Allerdings bestellte er nicht an der Casino-Bar, da würde seine Frau nur wieder blöd gucken. Er ging ein paar Schritte über das Schiff. Dieser monströse Kutter hatte eindeutig den Vorteil, dass er mehr Bars besaß als die ganze Eckernförder Innenstadt zusammen.

In der Location, die Werner entdeckte, herrschte eine Stimmung wie auf einer Beerdigung. Überall saßen zwar Pärchen zusammen, aber alle schauten auf ihre Handys oder nuckelten an ihren Getränken. Hatten sich die jungen Menschen heutzutage denn nichts mehr zu erzählen? Es passte nicht in seine Welt, wenn zwei Personen sich gegenübersaßen, aber nicht ihre Gesellschaft genossen, sondern ihre Handys und das auf einer teuren Schiffsreise. Werner war anscheinend zu altbacken für diese technische Generation, aber wenn er mit seiner Frau an einem Tisch saß, schauten sie sich in die Augen und redeten miteinander und tippten eben nicht Nachrichten an den Rest der Welt ein. Da fehlte nur noch, dass die Pärchen sich gegenseitig direkt anschrieben, um nicht sprechen zu müssen. Egal, das Bier schmeckte sehr gut und das für ihn die Hauptsache. Werner ging wieder zurück ins Casino.
Zu Hause würde er jetzt schlafen oder Fußball gucken und dabei war es gleichgültig, welche Mannschaft gerade spielte.

Am Roulettetisch wurde aktuell Pause gemacht. Waltraud und Christian-Thomas setzten sich an die Bar.
Werner stellte schnell sein Bier ab und eilte zu seiner Liebsten hinüber. Ob sie belästigt wurde?
«Das ist MEINE Frau. Wir heißen beide Krause und sind seit 40 Jahren verheiratet. Nur, damit das klar ist!» Waltraud zog die Männer hier an, wie Motten

das Licht. Wahrscheinlich mochten die jungen Bengels von heute solche drolligen Safari-Moden.
In diesem Moment kam ein weiteres Ehepaar dazu. Beide sahen ziemlich klein aus und sprachen mit ostdeutschem Akzent. Waltraud wollte nett zu den *Neuen* sein und stellte sich erst einmal vor. Allerdings war auch sie leicht irritiert von dem sympathischen Pärchen. Die gaben tatsächlich an, Millionäre zu sein oder handelte es sich hierbei um ihren Nachnamen? Sie schienen ungefähr Mitte 50, lachten viel und trugen identische Lederhosen mit blauen Hemden. Nein, zu einem Partnerlook konnte und wollte Waltraud ihren Werner nicht überreden. Die Millionäre wohnten in einem Dorf in Sachsen-Anhalt, also völliges Neuland für Werner und Waltraud. Sie waren zwar früher ein, zwei Mal drüben in Ostberlin gewesen, ansonsten kannten sie sich in Deutschland aber eher weniger aus, wenn man vom Kieler Umland einmal absah.

«Wir Deutschen sollten zusammenhalten.» Werner wollte höflich sein und lächelte das Pärchen an. Er fand die beiden entzückend, sie wirkten begeisterungsfähiger und redseliger als seine Töchter und seine Frau zusammen. Auf jeden Fall versprach diese Begegnung mehr Spannung als die jungen schweigenden Handy-Besitzer in der Bar nebenan.
Als die Ost-Millionäre, wie er sie heimlich nannte, vorschlugen in der Gruppe Black Jack zu spielen, war Werner Feuer und Flamme. Er wollte kein Spielverderber sein und tauschte seine 20 Dollar um. Er

motivierte sich im Stillen, ab jetzt würde er die Welt erobern und sie allesamt abzocken.

Jan und Lukas saßen seit Stunden beim Black Jack und wunderten sich über diese muntere Truppe. Aus welchem Grund erwähnte Herr Krause, dass er keine Millionen besaß? Sollte das ein Trick sein oder waren die Anderen seine neuen reichen Komplizen? Werner machte aus seinen 20 Dollar erst 50, danach 100, doch dann kam es, wie es kommen musste, er übernahm sich und verlor seine gesamten Jetons. Und was machten diese Millionäre? Sie gewannen sein hart erarbeitetes Geld, dabei lagen bei ihnen eh Millionen unterm Kopfkissen.
Werner war sauer.
«Einen schönen Abend noch.» Mit diesen Worten rauschte er ab. Er wollte sich an Deck ordentlich die Kante geben und seinen Frust herunter spülen.
Waltraud mochte die anderen Deutschen an Bord. Es war nett, sich verständigen zu können und zu ihrer großen Freude lebte Christian-Thomas mit seiner Freundin in Kiel, das lag nicht weit von ihrem Heimatdorf entfernt. Sie hatte diesen wundervollen norddeutschen Akzent schon vorhin bei der Rettung ihres Mannes in Key West erkannt, da hatte sie sich aber nicht getraut ein normales Gespräch anzufangen und genauer nachzufragen. Im Laufe des heutigen abends gewann sie insgesamt 100 Dollar. Davon würde sie sich morgen eine Massage gönnen, aber das musste Werner ja nicht wissen.

Jan beobachtete Frau Krause genaustens. Mittlerweile war er sich sicher, dass sie jeden deutschen Passagier geschickt nach seinem Namen und seiner Herkunft ausfragte. Eventuell führte sie zu Hause eine Gang an, die dann die leeren Wohnungen oder Häuser in der Heimat ausrauben sollte. Wieso sonst fragte sie jeden Gast sofort nach seinem Befinden? Das war doch alles Taktik! Vielleicht konnte er ihr durch die Blume zu verstehen geben, in welchem Beruf er arbeitete.

Der heimliche Gewinner des Abends schien aber Christian-Thomas zu sein. Aus seinen 50 Dollar hatte er 500 gemacht, die er alle drei Meter aus der Tasche nahm und zählte. Geld war nur Papier und da es für Ersparnisse eh keine Zinsen mehr gab, konnte man es ruhigen Gewissens gleich wieder verprassen. Er suchte bereits nach einer Idee, um seiner Liebsten eine Freude zu machen.

Eine Seefahrt,
die macht schläfrig

Am nächsten Morgen stand der erste Seetag an. Was sollte das bloß bedeuten? Schwimmstunden für alle? Werner saß aufrecht in seinem Bett. Es war sechs Uhr morgens und Waltraud schnarchte. Leider schnarchte sie immer, da konnte er sie anschubsen, so viel er wollte. Sie drehte sich dann einfach um und schnarchte noch lauter als vorher. Trotzdem musste er diesen Krach aushalten, wie sah das sonst aus, wenn man als Ehepaar auf einer Reise getrennt schlief? Im Alltag war das natürlich etwas Anderes.

Zu Hause hatten sie mittlerweile zwei Schlafzimmer und schliefen beide um Welten besser. Allerdings fanden seine Töchter diese separaten Betten komisch. Sie wollten mit ihren über 30 Jahren zwar erwachsen sein, praktisch getrennte Schlafzimmer verstanden sie jedoch nicht. Na gut, Werner verstand in deren Generation ebenfalls vieles nicht. Würde er so viel schlafen wie seine Töchter, hätte er Angst nie wieder aufzuwachen.

Nun lag er hier im Bett und konnte durch das Fenster erste Sonnenstrahlen und den Ozean erahnen. Er gab es nicht gerne zu, aber dieses Luxuszimmer war eine Wucht. Seiner Frau musste er diese Erkenntnisse ja nicht verraten. Bisher hatte sie auch

noch nicht seine Spezialtasche ausgepackt. Darin befanden sich unter anderem Proviant, der Gaskocher, ein Topf und ein Kochlöffel. Niemand konnte schließlich vorher wissen, was für spontane Katastrophen auf so einer Reise im Anmarsch waren. Außerdem hatte er zu Hause im Keller jede Menge Tütensuppen entdeckt, wahrscheinlich noch aus der Zeit, als die Kinder zelten liebten. Eine Dose Feuertopf hatte er zum Schlemmen eingepackt, leider nur eine einzige. Ihm schien das ganze Gepäck sonst zu schwer zu werden. Feuertopf war seine Leibspeise, auch wenn seine Waltraud gut kochen konnte. Sie wirkte nur häufig zu ungeduldig und vertrat die Meinung, Essen müsse lediglich warm und nicht heiß sein. Es war also kein Wunder, dass Werner bloß fünf Minuten für eine Portion brauchte. Kaltes Essen schmeckte letztlich niemandem!
Ob an einem Seetag nun allgemein alle Restaurants geschlossen blieben? Dann würde seine Frau ihm spätestens gegen Mittag zu Füßen liegen. Sie verfügten ja dank Werner beide über genug Proviant. Sollte er sich jetzt mit einer Tüte Chips aus dem Flugzeug auf den Balkon setzen und frühstücken? Er hatte Hunger und wer wusste schon, wann es heute etwas zu essen gab.

Natürlich bot die *Kaiserin der Meere* auf See ebenso viele Annehmlichkeiten, wie sonst auch. Eher noch mehr, da sämtliche Getränke und Snacks an Bord eingenommen werden mussten und niemand das Schiff verlassen konnte.

Werner schmiss Waltraud um sieben Uhr aus dem Bett, schlafen konnten sie später, wenn sie wieder nach Hause fuhren.

An Deck herrschte reges Treiben. An Seetagen waren sämtliche Passagiere unterwegs und ergründeten das Schiff.

Werner setze sich nach dem Frühstück mit einem Bier an die Bar und ließ es sich schmecken. Er mochte das Klima und Bier mochte er sowieso. Irgendwann stieg er auf Cola-Rum um. Sein Schwiegersohn hatte ihm den Tipp gegeben überall Cuba Libre zu bestellen und ja, das kam seinem geliebten Cola Rum durchaus nahe. Nur büschen sauer das Ganze, aber vielleicht war das moderne Zeug besser für den Stoffwechsel. Aktuell wirkte die Ernährung eh reichlich merkwürdig auf Werner. Früher servierte man an Festtagen Kartoffeln mit Fleisch und Soße, heute gab es *sanft geschmorten Rinderbraten von glücklichen Nordseerindern an Süßkartoffelpüree von noch glücklicheren Kartoffeln mit einer Soße, die acht Stunden köcheln musste und hinterher nach sauren Kirschen schmeckte*. Am schlimmsten war, dass es nicht mehr *mit*, sondern *an* hieß. Er sagte doch auch nicht Werner *an* Waltraud, sondern Werner *mit* oder *und* Waltraud. Natürlich durfte sie sich trotzdem jederzeit anlehnen. Außerdem war ihm dieses ganze Essen-Gedöns viel zu modern. Immer mehr Menschen wollten kein Fleisch essen, trotzdem boten die Supermärkte Wurst- und Fleischattrappen an, die zwar aussahen wie Originale, aber keine waren. Werner verstand das nicht, wenn man schon auf Fleisch verzichtete, wozu aß man dann so nachgemachtes Zeug? Das machte irgendwie den Eindruck, als wenn man Apfelschorle bestellte und allen Kumpels erzählte, es wäre ein Bier. Noch viel schlimmer waren nur Waltrauds Freundinnen. Mal machten sie eine Essigdiät, mal ließen sie Brot und Kartoffeln weg. Er kannte sie alle seit Jahren, keine schien sonderlich dünner oder dicker geworden zu sein. Vielleicht für zwei, drei Wochen, aber länger nicht. Apropos Waltraud, wo steckte die überhaupt? So langsam brannte ihm die Birne, gegen eine schöne Mittagsstunde in ihrer Kabine wäre jetzt rein gar nichts einzuwenden.

Seine Frau hatte sich von ihrem gestrigen Gewinn eine Massage gegönnt. Für Werner natürlich offiziell im Angebot enthalten. Das Leben wurde um einiges leichter, wenn man seinem Gatten erzählte, dass Dinge oder Ereignisse *im Angebot* oder *umsonst* waren. Diesen Trick hatte sie auch ihrer Tochter beigebracht. Es klappte bewiesenermaßen in jedem Alter. Waltraud suchte ihren Mann, womöglich konnten sie zusammen ein kleines Schläfchen machen. Sie wurde heute Morgen um sieben Uhr geweckt und das war ihr persönlich deutlich zu früh.

Zur gleichen Zeit bog Jan in den Kabinentrakt ein. Er wusste, wo das kriminelle Rentner-Ehepaar wohnte. Sie waren auf diesem Schiff fast Nachbarn. Eigentlich wollte er sich seine Sonnenbrille holen, doch dann sah er die Reinmachefrau, die gerade die

Kabine seiner Hauptverdächtigen geputzt hatte. So schnell er konnte ging Jan auf sie zu. Frauen waren viel zu gutgläubig, man musste sie nur anlächeln und ihnen Komplimente machen- zack, vergaßen sie die Tür zu schließen. Obwohl? Vermutlich glaubte die Dame, dass Jan hier wohnte. Schwungvoll verschwand er in der Kabine und schaute sich systematisch um, schließlich war er Polizist. Er wusste, wie man schnell und leise zum Ziel kam.

Unterm Bett stand eine prall gefüllte Tasche. Jan ging in die Knie, zog den Reisverschluss auf und wunderte sich. Hier drin lagen ein Campingkocher, Tütensuppen, eine Broschüre über Kakaosorten und ein Ratgeber, wie man im Urlaub sparen konnte. Ebenso ein kleiner Topf, ein Kochlöffel, Chipstüten und Plastikbecher. Handelte es sich um Diebesbeute? Bestimmt hatten all diese Dinge für sich nicht viel Wert, dennoch war Diebstahl gleich Diebstahl und somit strafbar. Jan grübelte, niemand nahm auf ein Schiff mit All-inclusive-Angebot Tütensuppen und Chips mit. Er zählte mindestens zehn kleine Tütchen. Irgendwas war mit diesen Leuten nicht in Ordnung. Er dachte nach. Leider platzten Geräusche an der Kabinentür in seine Überlegungen.

Oh nein, er hörte eindeutig die Stimmen von Werner und Waltraud Krause. Flink robbte Jan unters Bett. Und solche Böden nannten sich geputzt. Er hatte Schwierigkeiten, nicht niesen zu müssen, so viel Staub lag hier unten.

Das Paar kam herein und unterhielt sich über Einbrüche in Gaststätten und nächtliche Anrufe nach Deutschland. Na also, Jan hatte doch gewusst, dass hier etwas nicht stimmte.

In diesem Moment legten sich Werner und Waltraud aufs Bett. Der Lattenrost kam Jan gefährlich nahe, aber er musste die Enge aushalten. Bitte keinen Hetero-Senioren-Live-Sex war der vorherrschende Gedanke in seinem Kopf.

Wieso hielten alte Leute bloß dauernd Mittagsstunde? Konnten die morgens nicht länger schlafen? Um sieben Uhr war der Frühstückraum übersät mit Menschen ab 60 aufwärts. Bei so wenig Nachtschlaf musste man ja den halben Tag mit Zwischendurch-Schläfchen verbringen. Wahrscheinlich eine allgemeine Generationsfrage. Jan schlief lieber bis neun Uhr, als den ganzen Tag am Pool oder im Zimmer zu verpennen.

Über ihm knarrte es verächtlich und diesem Zimmermädchen gehörte gekündigt. Hier lagen Unmengen an Staubflocken, er bekam kaum Luft. Zu Hause fand er Sauberkeit äußerst wichtig und jetzt gerade begann es ihm böse in der Nase zu kitzeln. Unterm Bett bei alten Leuten, so hatte er sich seinen Urlaub nicht vorgestellt. Aber was sollte er machen, seine Berufsehre konnte man nicht spontan ablegen, nur weil der Traummann plötzlich die Welt sehen wollte. Was Lukas jetzt wohl dachte? Ob er sauer war? Irgendeine Ausrede musste Jan sich gleich einfallen lassen.

Wofür brauchte man einen Topf auf einem Schiff?

Hier gab es mehr zu essen als auf der Gourmetwoche in Berlin und wie hatten die Herrschaften Gas in das Flugzeug bekommen? Das musste diese Diebesbande sein, die seit zwei Jahren andere Leute auf Reisen beklaute. Die beiden waren um die 50, machten aber gerne einen auf Mitte 60 und erzählten den anderen Urlaubern von einer dörflichen Herkunft. Die Menschen dachten bei einem älteren bäuerlichen Ehepaar nämlich an alles, nicht aber an ausgekochte Diebe.

Was sollte Jan jetzt bloß machen? Etwas Anderes als abwarten funktionierte wohl nicht. Der ältere Herr hatte ihnen beim Essen schon so komische Fragen gestellt, ob sie ihre Frauen verstecken würden und solche Dinge, als wenn schwul sein heutzutage noch ein Problem wäre. Möglicherweise gehörte das zur Rentnerkriminal-Show. Auf dem Dorf waren Homosexuelle bestimmt seltener als Hochhäuser oder schiefe Rasenkanten.

Werner drehte sich um. Irgendwie roch es in dieser Kabine nach Mann, also nach einem anderen Mann. Er trug nie solch teures Geruchszeug. Ob Waltraud einen anderen Kerl kennengelernt hatte? Nein, sie waren die ganze Zeit zusammen gewesen und hier auf dem Schiff kannte sie kaum jemanden. Dem Millionär und dem jungen Bengel aus dem Casino traute Werner keinen Besuch in ihrer Kabine zu, die hatten viel zu viel Angst vor den Konsequenzen. Alle anderen Männer sprachen hier Englisch, jedenfalls

fühlte es sich so an, da kam man mit Schleswig-Holstein-Deutsch nicht besonders weit.
Bis sie ihren Schwiegersohn aus dem fernen Niedersachsen kennenlernten, waren eh alle in der Familie Krause der Überzeugung gewesen, dass sie reines Hochdeutsch sprechen würden, doch dann zog seine jüngste Tochter ins Wolfsburger Umland und damit begann das Abenteuer ihres Lebens. Die Menschen wohnten nur ca. 300 Kilometer weiter südlich, kannten aber weder die Ausdrücke *Knick* noch *ein büschen.* Sie aßen keinen Rübenmus und Wind schien eine Rarität. Im Supermarkt wurde man gemaßregelt, wenn man nach zwölf Uhr mittags *MOIN* sagte und auch vom Buschermann hatte dort noch keiner etwas gehört. Das erzählte ihm seine Tochter regelmäßig und die kannte den Unterschied nun schon seit fast sechs Jahren. Egal, das war jetzt nicht Thema. Zurück zum komischen Geruch in der Kabine.
Vielleicht putzten hier Männer? Auf dieser Reise wirkte schließlich alles anders. Trotzdem, dieses penetrante Parfüm gefiel Werner gar nicht. Morgen würde er sich beschweren. Bei 5000 Euro pro Person war ihm persönlich klar, wie viel Geld die Reinigungskräfte verdienten, dennoch wollte er diesen Gestank nicht hinnehmen. Wie viele Leute fuhren überhaupt auf diesem Dampfer mit? Solche Details sollten sie den Gästen erzählen und nicht, dass heute ein Gala Abend mit Surf und Turf stattfinden würde. Was bedeutete das überhaupt? Die Karte lag zwar vor seiner Nase, aber surfen sollte man nicht,

dafür wäre der Pool an Deck viel zu klein. Die Abbildungen zeigten irgendwelche Meerestiere und Fleisch. Gut, das mochte er, so lange es echt war. Aber nach was schmeckte dieses Turf? Vielleicht hatten die sich verschrieben und es handelte sich um Torf? Konnte man das essen? Meine Güte wären sie bloß zu Hause geblieben. In Eckernförde gab es viele nette Wirtshäuser, auch ohne surfenden Torf.
Waltraud lag auf dem Bett und schnarchte vor sich hin. Sollte er sie wecken und nach diesem schrecklichen Geruch fragen?
Oh, da kam Werner eine Idee, hier war doch eine Kühlanlage drin. So ein Ding hatte seine Tochter mit ihrem Mann auch. Im südöstlichen Niedersachsen fühlte man sich wie in den Tropen, wenn man von der Küste kam, jedenfalls im Sommer, daher brauchte seine Jüngste zu Hause eine Luftmaschine. Also... er sah mehrere Knöpfe, aber wie ging das Ding nun an? Hieß aufdrehen mehr Luft oder mehr Temperatur? Ach, gewiss mehr Luft. Werner drehte die Anlage voll auf und verließ das Zimmer. Kurz mal die Beine vertreten und dem Gestank im Sägewerk entfliehen.

Jan wurde immer wärmer. Warum hatte Herr Krause die Temperaturen hochgedreht? Sie befanden sich in der Karibik. Es war doch ohnehin furchtbar heiß und dann dieser entsetzliche Krach. Wie konnte eine Frau nur so laut schnarchen? Er würde ihr nebenbei ein Schlaflabor nahelegen. Das konnte niemand aushalten. Es half nichts, Jan zog sich das

T-Shirt aus. Es wurde wärmer und wärmer.
Kurze Zeit später hielt er die Hitze nicht mehr aus. Gehörte das zu den kriminellen Plänen des Mannes, seine Frau Stück für Stück verdunsten zu lassen?
Er musste hier raus. Langsam und so leise er konnte, robbte er unter dem Bett hervor. Über ihm knarrte es verdächtig, aber der Krach blieb. Ein gutes Zeichen, Frau Krause schlief weiter. Endlich. Er stand im Raum. Jetzt ganz langsam und still zur Tür. Auf und weg ... Jan drehte nach links und ging schnellen Schrittes zu seiner eigenen Kabine. Hinter ihm hörte er eine Stimme.
«Heeeeeee SIE!»
Das konnte nur Herr Krause sein. Jan hoffte, dass er ihn von hinten nicht erkannt hatte. Im Kern ging es hier ja darum, dem kriminellen Pärchen das Handwerk zu legen. Aber was sollte er jetzt Lukas sagen? Ob der eine Szene machte? Ach und sein Shirt hielt er auch noch in der Hand, daher erstmal vollständig anziehen.
Werner spürte Wut in sich aufsteigen, da kam doch gerade ein halb nackter Mann aus seiner Suite. War seine Frau bekloppt geworden? Er stürmte in seine Kabine und ...
... da lag Waltraud auf dem Bett und schnarchte wie eine Großfamilie Bären persönlich.
Schlief sie schon wieder oder immer noch? Er kannte seine Frau, die konnte überall einschlafen. Warum also nicht nach einem Treffen mit so einem blöden Heiopei.
«Ey Waltraud, wach auf!» Jetzt wurde es Werner zu

bunt. Erst sollte er diese bekloppte Kakaoreise bezahlen und dann seine Ehefrau teilen. Nein, irgendwo waren seine Grenzen erreicht. Er hatte beim Bund gedient, er wusste wie man sein Gebiet verteidigte. Dazu diese unglaubliche Hitze in ihrer Kabine, nicht einmal die 10.000 Euro-Technik funktionierte auf diesem bescheuerten Kutter.
Waltraud rieb sich die Augen.
«Was ist los? Habe ich so lange geschlafen?» Müde und verknittert schaute sie Werner an.
«Wer war der Mann?»
«Welcher Mann?»
«Waltraud ich bin nicht blöd, ich habe einen Mann aus dieser Kabine gehen sehen und der hatte kaum was an!»
«Ach Werner, du solltest deine Brille aufsetzen. Hier war niemand. Wahrscheinlich hast du aus der Ferne die Zimmertüren verwechselt und warum ist es hier so warm?»
«Papperlapapp aus der Ferne, ich stand am Ende des Ganges. Das sind höchstens zehn Meter. Nein nein meine Liebe, so einfach kommst du mir nicht davon und es ist hier warm, weil wir in der Karibik sind. Basta!!!»
Waltraud überlegte, Werner schien sich auf diesem Schiff eindeutig zu langweilen. Sie sollten die vielen Angebote nutzen. Er wurde ganz wunderlich, wenn er nicht täglich seine Sportnachrichten schauen durfte oder Rasenmähen konnte. Für Ruhe war er noch nie gewesen. Aktuell musste sie ihn allerdings

besänftigen, denn sie wollte unbedingt am Galaabend teilnehmen.

«Jetzt sei kein Frosch! Du hast dich verguckt, ich habe ganz alleine im Bett gelegen und geschlafen. Zieh dich bitte um, wir wollen doch gleich Garnelen und Hummerschwänze probieren.»

«Stinkst du danach wieder so?» Werner hatte keinen Bock mehr und er hasste es allgemein, wenn Menschen Knoblauch oder andere riechende Dinge aßen. Dachten diese Leute denn nie an ihre Partner oder Kollegen? Außerdem hatte er keine Lust auf seltene Wasserkäfer, die auf einer armen Kuh lagen und ihr den zarten verrauchten Fleischgeschmack stahlen.

«Wir sind hier im Urlaub, jetzt zieh dich endlich um, du alter Stänkerhannes! Solltest du wieder Aufsehen erregen, binde ich dir heute Nacht eine Knoblauchzehe um den Kopf, die haben hier in der Küche bestimmt welche.» Waltraud zog sich in Windeseile ihr langes Kleid an und frischte ihre Optik auf.

Es half ja doch nichts! Werner beugte sich seiner Chefin und stülpte widerwillig seinen Anzug über. Er wusste wie zwecklos es war mit der eigenen Ehefrau eine Diskussion zu führen. Andere Männer konnten ihm zu diesem Thema erzählen was sie wollten, zu Hause gaben sie ALLE klein bei und er verstand das nur zu gut. Gegen eine zeternde Ehefrau war ein dreitägiger Gewaltmarsch bei der Bundeswehr nämlich der reinste Wellnessurlaub für einen Mann.

Lukas lag traurig in seiner Kabine. Er wusste zwar wie blöd Jan verreisen fand, aber dass er deshalb stundenlang allein rumsitzen sollte, fand er nicht fair. Da kam Jan plötzlich total verschwitzt und außer Atem ins Zimmer gestürzt.
«Entschuldige Liebling, ich war joggen.»
«Ich dachte, du wolltest deine Sonnenbrille holen? Ich habe dich überall gesucht. Es ist gleich Abend.»
Lukas wurde sauer.
«Ich brauchte dringend Bewegung. Mein Körper fühlte sich irgendwie eingerostet an.»
«Und wieso in normalen Klamotten? Wir haben doch Sporthosen mit.» Lukas war verwirrt. Hier stank irgendetwas bis zum Himmel. Na gut, er wollte nicht die Zicke spielen, also erstmal auf zum Abendessen.

Im hübsch dekorierten Saal herrschte ein reges Treiben. Niemand wollte es sich nehmen lassen, diese leckeren und delikaten Köstlichkeiten zu probieren. Werner wurde schon beim Eintreten furchtbar schlecht. Rechts von ihm saß ein korpulenter Mann, der mit den Händen aß und überall Fühler oder kleine Fischschwänze an seiner Serviette hängen hatte. Dazu lagen auf seinem Teller lauter Krebsköpfe oder was auch immer das sein sollte. Es stank fürchterlich nach einer Mischung aus Knoblauch und Hafenbecken.
Werner wollte seiner Liebsten aber nicht den Abend verderben und ging daher schnell und mutig durch

den Saal des Grauens. Allerdings setzte er sich direkt auf seinen Platz und zupfte an einem Weißbrot. Hier würde ihm sowieso nichts schmecken, wozu also anstehen und spazieren laufen?
Er sah sich langsam um und richtig, hinten in der Ecke saßen die zwei jungen Männer. Sollte er direkt hingehen und beide auf einmal umhauen? Nein lieber nicht, seine Frau würde sich wohl scheiden lassen, wenn er hier in diesem etepetete Saal eine Schlägerei anfing, da konnte er so viel im Recht sein, wie er wollte. Werner war prinzipiell kein Schläger, nur sein Revier, das wollte er selbstverständlich verteidigen. Er musste sich für morgen einen Plan zurechtlegen. Es gab an diesen *Das-Schiff-schippert-herum-Tagen* sicherlich viele Möglichkeiten ohne seine Frau aktiv zu werden. Die konnte sich ja währendessen sonnen oder die Haare schneiden lassen.

Wer hat was mit wem?

Waltraud sah dem zweiten Seetag in Folge skeptisch entgegen. Ihr Mann musste dringend beschäftigt werden, sie wollte nämlich nicht noch mehr nackte Geister in der Kabine haben. Glücklicherweise spielte Bayern am Nachmittag in der Champions League. Dank der Zeitverschiebung würde Werner ab Viertel vor drei wie paralysiert auf sein Handy starren und darauf warten, dass sein Schwiegersohn oder ihre Tochter Tore meldeten. Die beiden hatten beim Thema Fußball genauso einen Schaden wie Werner selbst. Die Hochzeit musste außerhalb der Saison stattfinden und so bald ein Termin auf ein wichtiges Match fiel, war Totenstimmung angesagt, weil sie nicht ins Stadion gehen konnten. Klar, Waltraud mochte den FC Bayern auch, aber es gab Verabredungen in ihrem Leben, die ihr mehr am Herzen lagen als eine Sportveranstaltung.
Theoretisch könnte Werner die Sonne am Pool genießen, allerdings würde dann das gesamte Deck spätestens nach einer Stunde ihre Konfektionsgröße und ihr Gewicht kennen. Nein, das schien nicht das Richtige für ihren Mann. Für Sport war Werner grundsätzlich zu begeistern, aber Fußballspielen fiel hier leider weg. Vielleicht konnte er joggen gehen? Waltraud beschloss ihren Mann zu fragen, was er sich an Aktionen vorstellte.
«Ich wollte die beiden jungen Männer inspizieren,

weißt du, die, die ihre Frauen verstecken.» Werner antwortete ihr prompt.

«Das sind zwei ganz süße höfliche Menschen. Die sind ein Paar, die haben keine Frauen. Sie sind schwul! S C H W U L ... Verstehst du?» Waltraud rollte mit den Augen.

«Das denkst du. Du bist wie immer viel zu naiv. Ich weiß, dass da was im Busch ist und ich weiß auch, was schwul bedeutet. Du musst es mir nicht täglich erklären, um mich loszuwerden. Ich werde trotzdem nicht das Ufer wechseln. Du kannst doch zum Friseur gehen, hier gibt es irgendwo einen.» Werner wollte lieber seine Ruhe haben. Mit Waltraud im Schlepptau ließ es sich schlechter zurückschlagen und er würde sich nachher rächen, egal was seine werte Gattin dazu meinte.

«Weißt du, was das kostet?» Sie zog überrascht die Augenbrauen hoch.

«Das ist mir schnuppe, ich ziehe es dir in Deutschland vom Haushaltsgeld ab.»

Werner kam eh nie zum Sparen. Waltraud arbeitete früher als Bankerin, deswegen wurden ihm die meisten Ausgaben schon immer unterschlagen und nach dieser Reise musste er sowieso zur Tafel, das war so sicher wie das Amen in der Kirche.

Waltraud ignorierte die dummen Kommentare ihres Mannes großzügig. Sie freute sich auf einen schönen Tag. Sollten sich eben die anderen Passagiere mit Werner rumärgern, so schlimm war ihr Gewicht dann doch nicht.

Jan wurde zur gleichen Zeit von dem Gedanken umtrieben, wie er den beiden Fast-Senioren auf die Schliche kommen konnte. Frau Krause verhielt sich stets höflich und eher unscheinbar, ihr Mann dagegen überaus laut und auffällig. Jan hatte gehört, dass dieser beim letzten Landgang beinahe festgenommen worden wäre. Die Ganoven von heute agierten eben sehr gewieft. Dazu unterhielten sie sich neuerdings öfter mit dem Paar aus Kiel, dieses wiederum hatte Herrn Krause vor der Festnahme bewahrt, soweit man dem Flurschiffsfunk glauben konnte. Womöglich war diese exotische Frau eine Schmugglerin oder Komplizin. Sie fiel an Land schließlich nicht so auf wie zwei dörfliche Rentner.

Sie hatte sich bei Jan als *Elsa* vorgestellt. Nein, das passte alles nicht zusammen. Er war Polizist, daher schien es ihm suspekt, dass eine dunkelhäutige Frau einen so altbackenen deutschen Namen trug. Momentan waren diese *Hans Meier* und *Jeremy-Jack-Justin-Müller-Kreationen* zwar an der Tagesordnung, aber Jan konnte sich trotzdem nicht vorstellen, wie man vor 30 Jahren im Ausland *Elsa* getauft wurde. Er würde sich dieser Dame später nett annähern, vielleicht war sie ohne ihren überaus intelligent wirkenden Freund etwas zugänglicher. Frauen schütteten bei schwulen Männern häufiger sofort ihr Herz aus und dachten meistens nicht nach. Ja, das hörte sich nach einem guten Plan an. Heute würde er sie auf dem Schiff schon finden.

Lukas lag am Pool. Seinem Mann war das angeblich zu voll, jedenfalls hatte er das vorhin gesagt. Von wegen, der roch mal wieder Kriminalität. Lukas hatte seinen Liebsten längst durchschaut. Sie waren hier doch nicht im Fernsehen, wo Menschen immer dort ermordet wurden, wo die Ermittler ganz zufällig Urlaub machten. Er fühlte sich wie früher bei seiner Oma. Da lief dauernd *Mord ist ihr Hobby* in der Flimmerkiste, natürlich fand die Ermittlerin in jedem Hotel eine Leiche vor.

Um ihn herum wimmelte es von Kindern, irgendwo auf dieser Welt mussten Ferien sein. Es kreischte aus allen Ecken und die Sonne brannte. Hier würde er es nicht lange aushalten. Außerdem war es recht eng auf dem Sonnendeck. Es gab ja so einen Schnack, entweder liebte man Kreuzfahrten oder man hasste sie. Lukas hatte sich noch nicht entschieden, zu welcher Gruppe er sich am Ende zählen sollte.

Elsa ging erst gegen Mittag mit ihrem Handtuch zu den Liegen an Deck, deswegen waren die besten Plätze längst vergeben. Ihr Freund Christian-Thomas verhielt sich ganz schön öde. Der Pool schien ihm zu öffentlich, zu viele Leute. Forderte er einen VIP-Jacuzzi in ihrer Kabine oder was?

Egal, sie wollte eh allein sein und sich einige Gedanken über Curaçao machen. In ein paar Tagen würde sie ihre Heimat kennenlernen. Elsa war aufgeregt. Dort wurde sie geboren, mehr wusste sie nicht. Sollte es hart auf hart kommen, würde sie das Schiff auf keinen Fall wieder besteigen, sondern später zurückfliegen. Sie musste einfach etwas über ihre Herkunft herausfinden. Koste es, was es wolle. Ihrem Freund wollte sie die genauen Pläne ihrer Suche erst später erzählen. Er wirkte oftmals viel zu schlau und gab dann Tipps, die Elsa utopisch vorkamen.

Ihr Vater war 1983 rein beruflich nach Curaçao gekommen und hatte sie aus einem Heim mitgenommen. Natürlich offiziell, allerdings musste er dafür drei Monate in der Karibik bleiben. Damals war ein anderes Mädchen sein Favorit gewesen, aber eine Krankheit und die örtliche Bürokratie liessen das Los am Ende auf Elsa fallen.

Das Kinderheim war längst geschlossen, jedenfalls laut Internet und der Telefonauskunft. Dafür hatte sie in den Unterlagen ihrer deutschen Eltern eine Adresse von einer ehemaligen Schwester gefunden, die in ihrem Heim gearbeitet hatte. Das war ihr einziger Anhaltspunkt, trotzdem wollte Elsa ihre Wurzeln ergründen. Momentan gefiel ihr die Karibik richtig gut, wie blau das Wasser glitzerte und wie häufig die Sonne schien.... Sie freute sich unbändig auf die Menschen an Land. Wie entspannt musste es erst sein, hier zu leben?

Jan sah die hübsche Elsa auf ihrer Liege am Pool sitzen. Sollte er sie anbaggern? Er wirkte trainiert und sah gut aus. Die meisten Frauen fraßen ihm aus der Hand, doch da er Männer liebte, war ihm dieser Umstand völlig egal. Seine Mutter hatte auf eine gute Erziehung geachtet, das half ihm im Leben oftmals weiter. Leider war um Elsa herum alles besetzt. Entweder lagen dort Menschen und aalten ihre weißen Bäuche oder Handtücher besetzten leere Plätze. Dieses Problem gab es wohl überall auf der Welt. Jan machte es sich auf der anderen Seite des Pools bequem, ihm würde bestimmt etwas einfallen, um Elsa in ein Gespräch zu verwickeln. Erst einmal vertiefte er sich in sein neues Buch. Lukas konnte er nicht entdecken. Komisch, wollte der nicht baden oder war er schon wieder weg?

23 Seiten später stand Elsa auf und kletterte in den Pool. Das war seine Chance. Hinterher. So schnell und elegant es ging, stieg Jan ebenfalls ins Wasser. Baaaah, er spürte wie sein Körper sich wehrte. Nein, baden mochte er gar nicht, auch nicht in einem warmen Pool mitten auf dem Ozean.

Elsa schwamm ein paar Bahnen.

Jan grüßte nett nickend und versuchte es mit Smalltalk. «Eine schöne Reise, oder?»

«Hmmm...» Elsa hatte keine Ahnung, was der Typ von ihr wollte, der war doch schwul oder nicht? Manche Menschen mussten wohl jeden anquatschen.

Wie hmmm? Jan dachte nach.

«In Deutschland frieren sie jetzt.» Warum wirkte Elsa so abweisend?

«Stimmt.»

Oje, das konnte ja heiter werden.

«HALT STOPP! Lassen sie sich nicht anbaggern! Der Kerl sperrt seine Frau in der Kabine ein, macht hier einen auf homoloell oder so, na das mit Männer halt,

und ein Verhältnis mit *meiner* Frau hat er auch. Ich weiß genau, dass sie der Nackte von gestern sind.» Werner zeigte zornig auf Jan und redete sich in Rage. Er hatte dessen Oberkörper sofort wieder erkannt.
Oh nein, Jan wurde sauer. Diese kriminellen Senioren verfügten einfach über viel zu viel Zeit. Hinter die Geschichte mit den Frauen in der Kabine würde er nie kommen – das nannte man vermutlich Rentnerlogik.
Elsa war verdattert. Sie dachte, der junge Mann und sein Begleiter wären ein Pärchen, aber das musste jeder selbst wissen. Sie mochte sich jetzt nicht unterhalten. Ruckzuck tauchte sie ab und machte sich vom Acker oder besser gesagt aus dem Wasser.
Mist. Jan starrte Werner böse an. Konnte der nicht endlich aufhören zu pöbeln? Die herumliegenden Passagiere fingen schon an zu glotzen. Dieses Schiff war angeblich riesengroß und trotzdem begegnete ihm dieser maulige Rentner mindestens zehn Mal am Tag.
«Tja da habe ich ihnen offensichtlich die Tour vermasselt, einen bestimmten Typ scheinen sie ja nicht zu bevorzugen. Mal etwas älter, mal exotisch, mal männlich ... schämen sollten sie sich!» Werner stemmte die Arme in die Hüften und schaute Jan feindselig an.
Dieser gab für den Moment auf. Er musste sich einen neuen Plan überlegen. Erstmal raus aus dem Wasser, er bekam im kühlen Nass nämlich immer schon nach fünf Minuten Gänsehaut.

Werner war mit sich zufrieden, er hatte die junge Frau vor einem Ausrutscher bewahrt und es diesem feigen Schnösel so richtig gezeigt. Was fiel dem überhaupt ein? Zuerst ging er zu Waltraud in die Kabine und dann stritt er seine Tat einfach ab. Werner hatte seinen nackten Rücken genau erkannt. Na warte Bürschchen, wir sehen uns noch. Er würde richtig zurückschlagen, aber dafür musste er nachdenken und das ging eindeutig am besten bei einem Bierchen, wenigstens kostete das hier nichts extra.

Auf dem Weg zum Pool sah Waltraud Werner an der Bar sitzen. Er hatte ein Bier in der Hand und sah friedlich aus, mehr wollte sie ja gar nicht. Sie würde sich ein paar Stunden gemütlich in die Sonne legen, anscheinend war ihr Mann heute ruhig und harmonisch.

Lukas setzte sich an die Bar. Er verstand Jan nicht. Dieser wollte auf keinen Fall an den Pool und dann legte er sich mit einem Buch auf eine Liege und badete sogar mit einer Frau, allerdings erst, als Lukas bereits weg war. Er hatte ihn doch noch gesehen. Was umtrieb seinen Mann bloß genau?
Als Werner Lukas entdeckte, sah er seine Chance gekommen. Wenn die beiden Heinis wirklich zusammen waren, musste er zumindest ein Herz retten. Werner rückte ein paar Plätze auf und sprach ihn an.
«Wissen sie eigentlich, dass ihr Kamerad (ja, das schien Werner vorerst der richtige Ausdruck) nackt

aus anderen Kabinen kommt und Frauen im Pool anbaggert?»

Lukas fiel alles aus dem Gesicht. Ach deshalb kam Jan gestern völlig verschwitzt in ihre Suite. Er hatte einen Anderen, aber sie waren doch so glücklich und machten hier ihre Hochzeitsreise. Nein, das konnte nicht sein.

«Aus welcher Kabine denn genau? Lukas wollte wissen, mit welchem Konkurrenten er es aufnehmen musste.»

«Na aus MEINER!» Die jungen Kerle waren aber auch schwer von Begriff.

Wie jetzt? Mit so einem Typen lies Jan sich ein? Der wirkte viel zu alt und verheiratet dazu! Das konnte Lukas einfach nicht glauben, aber er würde sich auf die Lauer legen. Irgendetwas lief hier grundlegend schief. Grußlos verschwand er Richtung Kabinentrakt.

Werner blieb verblüfft zurück, er hatte seine Schuldigkeit getan, auch wenn ihm Waltrauds Vorliebe für junge Bengels total Spanisch vorkam. Jetzt musste er erst einmal einen Ort auf diesem Kahn finden, der Champions League zeigte. Seine Kinder hatten ihm erzählt, dass es selbst in Russland Fußball-Konferenzen im Fernsehen gab, da sollte so ein reicher Kutter doch erst recht alle Sender anbieten oder nicht? Er wollte nur ein paar Minuten seine Bayern gucken. Mit ein bisschen Fantasie konnte man mit dieser Reise am Ende durchaus angeben. Es gab Bier, schöne Frauen, viel zu essen und gutes

Wetter. Jetzt fehlte bloß noch ein Sieg. Er hoffte inständig, dass seine Frau sich richtig informiert hatte und sie schon eine Zeitzone weitergefahren waren.

Am Abend wankte Werner mit leichter Schlagseite durch den Kabinentrakt. Seine Bayern hatten eine schreckliche Vorstellung abgeliefert, somit musste er all seine Hoffnungen in das Rückspiel legen. Gegen solche Gefühle half nur ein gutes Bier. Vielleicht waren es auch zwei gewesen oder drei oder so ähnlich ...

Hubba Bubba
oder Aruba

Werner ging es schon beim Frühstück ziemlich schlecht. Zu viel Alkohol gepaart mit einem Unentschieden seiner Bayern bei einem Heimspiel in der Champions League, da konnte Werner einfach nicht lächeln. Und dann sollte er heute nach Hubba Bubba oder so ähnlich, das klang ja wie dieses Kaugummi, welches seine Töchter früher überall hin geklebt hatten.

Seine Frau stand am Buffet. Hier gab es Smoothies, dabei handelte es sich angeblich um Obst- oder Gemüsesäfte. Jedenfalls hatte Agnes ihr das mit diesen Worten erklärt, Waltraud musste unbedingt davon probieren.

Werner saß deprimiert am Tisch. Er war überfordert. Zu Hause teilte er sich samstags mit seiner Liebsten ein Bärchenfrühstück beim örtlichen Supermarkt-Bäcker, aber hier wirkte die Auswahl an einem derart verkorksten Morgen eindeutig zu groß.

«Willst du dir nicht auch etwas zu essen holen oder soll ich das machen? Ohne ein gutes Frühstück wollen wir nicht noch einmal losfahren. Außerdem legt das Schiff erst in einer Stunde an. Guck mal, die haben diese modernen Smoothies.» Waltraud zeigte stolz auf die grüne sämige Flüssigkeit.

Werner riss die Augen auf. Hatte er richtig gehört?

Die nannten ein Getränk *Goofy*?! Hieß so nicht ein Hund aus dem Fernsehen? Tranken die hier solche Sachen? Fuhren sie mit einem chinesischen Schiff? Das war jawohl die Höhe. Seine Waltraud grillte ja gerne, aber das sie solch eine Brühe trank, fühlte sich fürchterlich an. Werner wollte jedoch keinen Streit, eine sabbelnde Ehefrau konnte der Presslufthammer in seinem Kopf gerade nicht verkraften.
«Schatz, wir fahren gleich mit einem kleinen Bus über die Insel Aruba. Dort gibt es ganz ganz lange schöne Strände und Flamingos. Wir haben nach der Rundfahrt sogar noch Zeit, um zu schnorcheln.» Waltraud strahlte. «Die Unterwasserwelt wird dich umhauen!» Sie selbst war bis jetzt nur in der Ostsee schnorcheln gewesen, aber die Fotos und Videos ihrer Tochter reichten ihr als Anreiz vollkommen aus. Flamingos mochte Werner normalerweise sehr gerne, nur an diesem Morgen überschattete sein Kopf diese heimliche Tierliebe. Er konnte sich dunkel daran erinnern, wie Waltraud bei LIDL Schnorchelsets gekauft hatte, wozu das gut sein sollte, wusste er trotzdem nicht. Er besaß genug Fische in seinem Teich, da brauchte er auf Hubba Bubba nicht zu schnorcheln, schon gar nicht mit Kopfschmerzen. Vielleicht hatte der liebe Gott erbarmen und es gab es da draußen ein schattiges stilles Plätzchen für ihn.

Die Kaiserin der Meere war eines der ersten Schiffe, die Aruba an diesem Morgen anliefen, deswegen konnten die meisten Passagiere dem üblichen Trubel am Hafen entkommen. Heute versuchte nicht einmal Werner, sich in den Bus zu schmuggeln, er zahlte den Ausflug freiwillig. Seine Laune wurde erst besser, als ihm der Reiseleiter mit der löchrigen Hose ein kaltes Bier reichte. Ein Konterbier bewirkte selbst mit Mitte 60 noch Wunder.

»Zu einem Anzug hat es nicht gereicht? Bei ihrem Gehalt. Welche Summen sie hier verdienen und das jeden Tag!« Werner fand es zwar sehr nett, dass er hier Bier bekam, dennoch erwartete er ein ordentliches Auftreten von einem Reiseleiter. Ihm war diese moderne Mode zu viel. Die Menschen kauften Jeans mit riesigen Löchern und Rissen, die aber doppelt so viel kosteten wie heile Exemplare. Früher hatte man solche Hosen höchstens zur Gartenarbeit angezogen oder mit Flicken besetzt.

«Werter Herr», der Reiseleiter unterbrach Werners modische Gedanken. «Ich bekomme lediglich ein festes normales Gehalt und dazu spreche ich immerhin vier Sprachen.»

Für einen Moment schwieg Werner perplex, doch dann begann das Bier zu wirken und er überlegte, ob er sich nicht mit einem Reiseunternehmen an der Ostsee selbstständig machen sollte, einen ollen Bus würde er schon finden. Er wusste, dass es Unmengen von Menschen gab, die an die Ostsee reisen wollten. Es war ja nicht jeder so etepetete wie seine Ehefrau.

Auf Aruba herrschte perfektes Wetter, die Sonne schien und es wehte ein leichter Wind. Die Häuser und Gassen wirkten auf den ersten Blick sehr amerikanisch. Waltraud wollte sich später unbedingt noch Souvenirs kaufen. Der kleine Hafen überzeugte mit verschiedenen Shops für Touristen aus aller Welt. Auf der kleinsten ABC-Insel wohnten über 100.000 Menschen, die überwiegend vom Tourismus lebten. Die Rundfahrt führte sie nicht nur an langen Stränden, einer Aloe-Vera Farm und historischen Orten vorbei, auch ein Leuchtturm und eine Schmetterlingsfarm säumten ihre Strecke. Dazu gab es einen Nationalpark, in dem seltene Tiere wie der Aruba-Kaninchenkauz geschützt leben konnten.

Nachdem sie die Insel umrundet hatten, machten sie an einem kleinen Fischrestaurant in der Nähe des bekannten Eagle Beach halt. Hier wurden die Fische frisch gefangen und verarbeitet. Waltraud freute sich, sie wollte vorbehaltlos die einheimische Küche probieren.

«Was machen wir denn an dieser Bretterbude?» Werner jammerte, er hatte in einem stickigen Bus gesessen und sich schiefe Bäume plus Aloe-Vera-Seifen angeschaut. Nein, so stellte er sich diese Reise nicht vor. Konnte sich seine Frau dieses Zeug nicht im Internet bestellen? Vera verstand sich sicherlich super mit dieser Vicky, die angeblich alles wusste.

«Werner, hier gibt es Fisch, den isst du zu Hause doch auch!» Waltraud wollte es ein letztes Mal im Guten versuchen.

«Ja und wieso musste ich dann hierher, wenn es das

Essen auch zu Hause gibt?» Ha, Werner war verbal auf Zack.

«Herr Krause, noch ein Wort und ich schmeiße dich nachher über Bord.» Waltraud ballte die Faust. «Vielleicht bekomme ich dann anteilig etwas Geld zurück und kann ausgiebig shoppen gehen.»

«Ooooh, das ist keine schlechte Idee, mein Schatz. Wir könnten ja, ähnlich wie die komischen Männer vom Schiff, irgendetwas Spektakuläres inszenieren, um unsere Ausgaben zu stoppen.»

Werner überlegte ... und Waltraud gab es auf. Sie genoss ihren Fisch und unterhielt sich angeregt mit anderen deutschen Teilnehmern über das nur 25 Kilometer entfernte Venezuela.

«Und wo sind jetzt meine Flamingos?» Werner hatte seinen Fisch in Rekordzeit vertilgt und las in einem englischen Reiseführer. «Waltraud, hier sind Bilder mit Flamingos drauf. Du hast du es mir versprochen! Und irgendwas von einem Eagle Beach steht da auch, glaube ich. Da ist es bestimmt hübsch. Ich mag Igel, womöglich haben die jetzt schon Babys. Iss doch mal schneller! Wir sind schließlich nur einen Tag hier.»

Waltraud wunderte sich über diesen schnellen Sinneswandel ihres Gatten, aber sie wollte keine Spielverderberin sein und so machte sie sich mit ihrem Mann auf den Weg zum Eagle Beach. Dieser sollte einer der schönsten und längsten Strände der Welt sein. Wie Werner allerdings auf den deutschen Igel kam, war ihr noch nicht ganz klar. Sie dachte bisher, dass Eagle – Adler bedeutete, aber sie konnte ja

eh kein Englisch.
Mit jedem Schritt kam das glitzernde, hellblaue Meer ein Stück näher. Der Strand war riesig, wie im Fernsehen breitete sich der Ozean gigantisch vor ihnen aus, das Wasser strahlte in mehreren Blautönen mit der Sonne um die Wette. Waltraud jubelte begeistert. Allein für diesen Moment lohnte sich jeder Flug, jeder Euro und jedes Muffelwort ihres Mannes. Diese Puderzucker-Strände hatte die Ostsee definitiv nicht. Egal, wie sehr man seine Heimat liebte.
Sie freute sich auf einen entspannten Nachmittag mit Schnorchel und Liegestuhl.
«Und wo sind jetzt meine Igelfamilien?» Werner hielt seine Arme in die Hüften gestützt und sah sich um. «Na ja, ist auch so ganz nett hier, komm wir legen uns hin!»
Unsinnig zu erwähnen, dass Werner weder Geld für Liegen noch für einen Schirm ausgeben wollte. Waltraud hingegen gönnte sich beides. Sie lag hoch oben auf ihrer Liege im Schatten ihres Sonnenschirmes. Rechts von ihr stand ein gelber Cocktail, links von ihr lag ein roter Krebs Namens Werner. Er hatte sich ohne einzucremen in den Sand gelegt und immer, wenn Waltraud ihre Position veränderte, um im Schatten zu bleiben, hatte er nur gemeckert und sich keinen Zentimeter von der Stelle bewegt. Werner wollte aus Prinzip nicht jede zehn Minuten Hochleistungssport betreiben und den gesamten Strand umbauen, bloß um im Schatten zu liegen.
Ob er überhaupt noch lebte?
«Werner? Bist du wach?»

«Natürlich! Du bist doch die Schlaftante und nicht ich. Guck mal da!» Werner war sogar hellwach und zeigte mit ausgestrecktem Arm nach vorne, «da sitzen zwei junge Leute, die fotografieren dauernd ihre Hotdogs. Wahrscheinlich ist das Essen hier schlecht und die zwei wollen Anzeige erstatten. Hast du meine Chips dabei? Ich könnte einen Happen vertragen.»

«Ich tippe auf sogenannte Croques, die gibt es dort hinten am Imbiss.» Waltraud sah sehnsüchtig nach rechts. Nach zwei leckeren Cocktails war der einheimische Fisch vom Mittagessen aus ihrem Magen verschwunden.

«Wie, die essen Botten? Gib mir mal meine Brille!» Werner verstand die Welt nicht mehr. Erst aß seine Frau zum Frühstück etwas vom Hund und dann gab es hier irgendwelche Schuhe zu essen. Seine Tochter hatte sich letztens neumodische Crox aus Plastik zugelegt und diese stolz im Garten präsentiert.

«Werner, Croque nicht Clog! Dabei handelt es sich um ein Sandwich. Und das mit dem Herumschicken von Essensbildern macht man heute so. Die jungen Menschen fotografieren sich und ihre Speisen oder Getränke den ganzen Tag lang und zeigen die Fotos danach im Internet, da kann sie jeder sehen und einen Text dazu schreiben.» Waltraud passte auf, wenn ihre Töchter ihr die moderne Welt erklärten.

«Wie, macht das auch diese Vicky Pedia? Die Frau arbeitet ja mehr als jeder andere.» Werner glaubte seiner Gattin kein Wort.

«Nein Werner, dafür gibt es andere Seiten. Die Leute

haben alle eine Art Steckbrief mit Fotoalbum im Internet.» Waltraud dachte nach. Ihr fielen diese englischen Begriffe so spontan nicht ein.
«Und wozu soll das gut sein? Rechnen die Anderen dann zu Hause aus, wie viel Kilo man pro Mahlzeit zunehmen könnte oder was?» Werner verstand überhaupt nicht, wieso man anderen freiwillig erzählte, was man gerade machte oder wo man gerade war.
«Nööö, das gehört zum modern sein dazu, dein Schwiegersohn macht das doch auch.»
«Ach Torben, der hatte sein Handy sogar bei seiner eigenen Hochzeit in der Kirche vor der Nase. Der bekommt bestimmt Geld dafür, wenn er auf dieses Ding guckt, deswegen kann der sich dauernd neue Technik kaufen und alle halbe Jahr mit einem neuen Auto vorfahren.»
Werner besaß ebenfalls ein Handy und schaute damit zu Hause täglich Videos, die er per WhatsApp aus seinem Umfeld bekam. Hierbei nutzte er dazu eine Lautstärke, die selbst seinen Nachbarn drei Häuser weiter aus dem Bett schmeißen konnte. Trotzdem fing er an zu meckern, wenn die junge Generation vor ihren Handys saß und nicht mehr zuhörte.
Waltraud wechselte das Thema. «Wollen wir uns die Fische ansehen?»
«Fische haben wir auch zu Hause im Teich, dafür müssen wir nicht um die Welt schippern und in unserem Garten sind die Liegen gratis. Ich werde dir fürs nächste Jahr Sand auf den Rasen schütten, dann sieht es dort ungefähr so aus wie hier.»

Waltraud ging letztlich allein schnorcheln. Eine Lebenserfahrung, die sie nie wieder missen wollte. Bunte Fische, kleine Schildkröten und sogar ein Seepferdchen ließen die Zeit wie im Flug vergehen. Als sie aus dem Wasser kam, sah sie kurz die netten Herren, die ihre Hochzeitsreise machten. Die beiden taten ihr leid, sie waren stets höflich und mussten sich dennoch Tag für Tag die Spitzen ihres Mannes anhören. Bei Gelegenheit würde sie sich entschuldigen.

Jan und Lukas vertraten sich ein wenig die Beine, sie liebten lange Spaziergänge und die Strände auf dieser Insel zauberten ihnen ein Dauerlächeln ins Gesicht. Alle paar Meter kam ein witzig aussehender und aruba-typischer DIVI DIVI Baum, der das hellblaue Panorama aus Meer und Himmel komplettierte. Als sie ihren Lieblingsrentner entdeckten, wollten sie erst flüchten, spontan änderte Jan jedoch seine Meinung. Er musste endlich mehr über dieses dubiose Senioren-Gepäck erfahren, daher schlug er Lukas eine Badepause vor. Dieser war natürlich total perplex, da Jan baden normalerweise viel zu kalt fand, aber man sollte die Feste feiern, wie sie fielen und so legten sich die beiden Männer an den Strand.
Jan nahm sich die Schlappmütze vom Kopf.
«Nein, die ist mir eindeutig zu dick, da schwitzt man sich ja zu Tode.»
Waltraud erstarrte. Gerade wollte sie die netten Männer begrüßen, da wurde sie beleidigt. Sah sie in

ihrem türkisenen Badeanzug wirklich so dick aus? Und schwitzen tat doch jeder, wenn die Sonne schien. Sie arbeitete schließlich nicht als Model für Deoroller. Manche Menschen waren viel zu schlecht erzogen. Nun taten ihr diese Typen überhaupt nicht mehr leid.

Werner wollte sich aus dem Sand erheben und den blöden Heinis die Meinung geigen. Er hörte genau, wie sie seine Frau als *dick* betitelten und mit so einem ungehobelten Klotz hatte sie sich vorgestern Nachmittag noch eingelassen. Leider wurde ihm beim Aufstehen ganz schummrig, auch seine Füße wirkten dick geschwollen und rot dazu. Werner konnte gar nicht richtig stehen und hatte das Gefühl gleich umzufallen. Er hielt sich wackelnd an der Liege fest. Waltraud eilte ihm zur Hilfe.

«Was ist mit dir?» Sie sah besorgt zu ihrem Mann. «Du bist ja total verbrannt. Komm, wir fahren aufs Schiff!»

Werner konnte nur nicken, irgendwie war ihm entgangen, dass er sich lediglich sporadisch eingecremt hatte und ohne Sonnenschutz im Sand lag. Ihm wurde unsagbar schlecht und er wehrte sich nicht mal mehr gegen die kurze Taxifahrt zum Hafen. Seine Schuhe musste er in die Hand nehmen, da seine Füße von der Sonne viel zu angeschwollen waren.

Er fühlte sich wie ein Vagabund als er, barfuß mit offenem Hemd und krebsrotem Körper, aufs Schiff krabbelte. Zudem stellte Waltraud halb nass und mit Sturmfrisur nicht gerade eine Frau von Welt dar, aber gefallen hatte es ihm an diesem Strand trotzdem, das musste er zugeben, wenn auch nur in seinem Inneren.

Elsa schaute den netten Herrn Krause mitleidig an. Er saß an der Bar und sah über und über verbrannt aus. Passte seine Frau denn gar nicht auf ihn auf? Sie fand den etwas älteren Herren einfach zu süß. Er machte gerne Scherze und zog alle Aufmerksamkeiten auf sich. Sie mochte solche Menschen. Langweilig konnte doch jeder. Sie selbst verbrachte den Tag mit Christian-Thomas am Strand, für eine geführte Tour hatten sie sich wie immer zu spät entschieden.
Übermorgen war es so weit, sie würde nach 34 Jahren zum ersten Mal ihre Heimat sehen. Von Weitem erkannte sie Curaçao bereits vom Schiff aus und fühlte positive Emotionen in sich aufsteigen.

Beim Abendessen saßen Werner und Waltraud dem sympathischen Millionärs-Pärchen aus dem Casino gegenüber. Normalerweise waren sie allein an ihrem Tisch. Das irritierte Werner natürlich zutiefst.
«Wo kommen sie denn jetzt her?» Er mochte direkte Worte.
«Aus unserer Kabine.» Das Pärchen schien verwundert. «Wir sind auf dem Schiff geblieben. Wir haben heute Morgen verschlafen.»
«Ein sehr schlauer Schachzug.» Werner nickte zustimmend. «Am Strand war das Essen so schlecht, dass sogar Beweisfotos gemacht wurden und man

verbrennt sich dort eh die Füße. Sie haben also alles richtiggemacht!»
Irgendwas stimmte mit der Millionärs-Frau nicht, sie kicherte ohne Luft zu holen und flirtete Werner unentwegt an. Jedenfalls bildete dieser sich das ein. Außerdem musste sie ein Augenproblem haben.
«Waltraud die Dame blinzelt mir zu, vielleicht ist sie eine Geisel und will uns um Hilfe bitten, wir sollten nachfragen!» Werner flüsterte. Er war sich nicht sicher, ob die Frau diese Reise freiwillig machte und wie er sich überhaupt gegenüber solch reicher Menschen benehmen musste, er hatte doch sonst bloß normale Freunde in seinem Umfeld.
«Werner, die Frau blinzelt, weil sie uns bereits aus dem Casino kennt oder weil sie etwas im Auge hat.» Waltraud wollte ins Bett und schlafen. Es war ein schöner Tag gewesen, aber mittlerweile überkam sie die Müdigkeit.

Jetzt fühlten sich die Temperaturen in ihrer Kabine immerhin angenehm kühl an und auch der penetrante Geruch schien verschwunden zu sein. Anscheinend hatte man Werners Beschwerde ernst genommen und einen Techniker geschickt als die Passagiere auf Aruba verweilten.

Jan ging enttäuscht ins Bett. Seine kriminellen Rentner waren schneller vom Strand verschwunden, als er gucken konnte. Nein, dieser Tag heute hatte ihn bei seinen Recherchen nicht wirklich weitergebracht.

Auf Bonaire
ist gar nichts fair

Am Morgen wurde Bonaire angelaufen. Diese Insel war ein wenig größer als Aruba, hatte aber mit ca. 17.000 Menschen deutlich weniger Einwohner und auch der Tourismus entwickelte sich eher minimal. Waltraud hatte von ihren neuen Tischnachbarn gehört, dass es hier nur wenige Strände geben sollte. Bonaire galt eher als Reiseziel für Taucher, gerade deswegen packte Waltraud ihre Schnorchelsachen ein. Natürlich war sie keine 20 mehr, aber ein bisschen rumschwimmen und Fische gucken durfte man jawohl in jedem Alter. Ihr brachte dieses neue Hobby enormen Spaß. Allerdings entschied sie sich gegen ihren türkisenen Badeanzug. Ob sie wieder auf die gemeinen jungen Männer traf?

Werner nörgelte. Er konnte seine Schuhe nicht mehr anziehen und die Aussicht auf einen Spaziergang machte ihm Sorgen.

Auf Bonaire gab es weder ein Busnetz noch wurde ein Ausflug angeboten, der Waltrauds Interessen ansprach, sie buchte daher kurzerhand einen Mietwagen für den ganzen Tag. Komischerweise fragte ihr Göttergatte nicht mal nach dem Preis. Er nahm schnaufend auf dem Beifahrersitz Platz und freute sich über die Klimaanlage, die kühle Luft verbreitete. Nanu, was war denn das für Schuhwerk? Werner trug lilafarbene Badelatschen, die seine Frau noch nie vorher an ihm gesehen hatte.

«Werner, hast du die Latschen geklaut?» Waltraud wollte nicht schon wieder Ärger bekommen.

«Natürlich nicht. Die habe ich mir im Souvenirladen an Bord gekauft, Schuhgröße 46. Größere gab es nicht und andere Farben leider auch nicht. Meine eigenen Schuhe passen mir nicht mehr.» Werner hatte es ja probiert, aber mit seinen verbrannten geschwollenen Füßen kam er nicht in seine Sandalen, geschweige denn in seine Turnschuhe hinein.

Waltraud hatte sich bereits erkundigt, auf Bonaire durfte man außerhalb geschlossener Ortschaften höchstens 60 km/h fahren, innerorts sogar nur 40. Das kam ihr sehr entgegen, so konnten sie sich in Ruhe die fremde Landschaft anschauen. Es sollte hier ein Naturschutzgebiet geben, welches fast 200 verschiedenen Vogelarten als zu Hause diente. Außerdem konnte man einen See samt Flamingos beobachten, damit wollte Waltraud Werner aufmuntern. Im Grunde tat er ihr leid, verbrannte Füße schmerzten sicher ziemlich.

Bonaire war insgesamt ca. 40 Kilometer lang, man brauchte also theoretisch gar kein Auto. Nur ging es heute mit Werners Blessuren nicht anders, sonst hätten sie eine Fahrradtour gemacht.

Vom Hafen aus fuhr Waltraud Richtung Mangrovenwälder im Südosten der Insel. Sie wollte dort eine Bootstour machen und hatte gehört, wie voll es bei der Buchung werden konnte. Anscheinend waren diese grünen verholzenden Salzpflanzen äußerst beliebt.

Nach einer relativ kurzen Fahrt, auf der ihnen viele Esel begegneten, kamen Werner und Waltraud an den Mangrovenwäldern an.

«Das sieht ja aus wie im Dschungel.» Werner verspürte keine Lust auf Boote oder Tümpel.

«Hier gibt es Killermücken. Nicht, dass wir einen Virus bekommen oder so was. Denk an Uwe vom Fußball, der hatte letztens einen tellergroßen Bremsenstich am Bein.»

Waltraud musste schmunzeln. In der Sonne verkohlen, das konnte ihr geliebter Ehemann, aber vor Mücken hatte er plötzlich Angst? Männer ...

«Ich gehe erstmal fragen, du kannst da hinten etwas trinken.» Sie sah ein paar Meter weiter eine Holzhütte mit Tischen davor, da gab es bestimmt ein Entspannungsbier für ihren Mann.

Eine halbe Stunde später kam Waltraud zum Auto zurück, schon aus der Ferne konnte sie ihren Gatten an einem der Stehtische sichten. Er unterhielt sich mit Händen und Füßen und trank dabei Bier.

«Werner ...» Waltraud schrie bereits auf dem Weg zu ihrem Mann. «Wir müssen uns beeilen! Wir fahren durch die Mangrovenwälder und es geht gleich los!»

«Durch die was? Sind das die Bäume um uns herum? Meine liebe Waltraud, Bäume und Wasser habe ich auch in Altenhof. Wozu also wieder dieser Luxus-Tüdelkram? Ich würde mit meinem neuen Freund viel lieber noch ein Bierchen trinken.»

«Dann bleib eben zwei Stunden hier sitzen.» Waltraud hatte keine Lust auf Diskussionen. Sie würde jetzt eine Bootstour machen und sich Salzpflanzen und Schildkröten ansehen.

Blöderweise erkannte sie am Steg die beiden Männer vom Schiff, die sie eh für unsportlich und dick hielten, aber es half nichts, sie wollte unbedingt mitfahren. Sie bekam eine Schwimmweste und sollte in ein längliches kleines Boot mit durchsichtigem Boden steigen. Dazu drückte man ihr ein Paddel in die Hand. Wie jetzt? Sollte sie selber rudern? Waltraud dachte eher, dass sie eine schöne Ausflugsfahrt gebucht hatte. Da sie aber keine Spielverderberin sein wollte, setze sie sich in ihr Kajak und versuchte ihr Bestes. Leider verstand sie kein Wort von den englischen Anweisungen und die unerzogenen jungen Männer wollte sie natürlich auch nicht um Hilfe bitten.

Nach den zwei Stunden durch die Mangrovenwälder war Waltraud fix und fertig. Sicher sah die Natur unglaublich toll aus, sie hatte Meeresschildkröten und Pelikane gesehen, trotzdem konnte sie sich kaum mehr bewegen und dann diese Sonne, Waltraud brauchte dringend eine Pause. Was Werner wohl machte? Sie traute ihm zu, in einem einheimischen Garten im Schatten zu sitzen und per Zeichensprache zu kommunizieren.

Jan und Lukas schauten Frau Krause beeindruckt hinterher, sie war ihren nervenden Mann losgeworden und paddelte in ihrem Alter zwei Stunden durch die Mangroven. Jan grübelte. Wahrscheinlich wusste diese nette Frau gar nicht, dass ihr Mann als Ganove sein Unwesen trieb.

In Lukas Kopf regten sich hingegen Gedanken wie *ihr Mann hat ein Techtelmechtel mit meinem ...*

Das Männerpaar fuhr mit dem Fahrrad um die Insel. Beide waren sportlich und mochten nicht andauernd dem Massentourismus folgen. Nach der Kajaktour wollten sie in der kleinen Hauptstadt Kralendijk etwas essen.

Werner stand im Schatten der Holzhütte und trank Bier. Er wunderte sich, wie kaputt seine Waltraud aussah. Was war das bloß für ein Ausflug gewesen? In diesem Moment rasten die jungen Männer vom Schiff auf ihren Fahrrädern vorbei. Die hatten seine Frau doch nicht wieder beleidigt, oder?

«Waaaahltraaauud» Werners Stimme lallte bereits stark «meihne Lieebe, wo waaarscht duuh?» Huch, er hatte wohl etwas zu viel Bier erwischt. Er merkte, dass er ohne Tisch nicht mehr gerade stehen konnte.

«Ich ...» Waltraud stockte, «ich war auf einer Bootstour und die Sonne brannte extrem.» Nein, diese Blöße wollte sie sich nicht geben. Sie kaufte sich ein Wasser und überlegte, was sie mit ihrem betrunkenen Gatten heute noch anstellen könnte. An die Flamingos würde er sich morgen sowieso nicht mehr erinnern.

Nach einer kurzen Pause setzte Waltraud Werner in den Mietwagen. Sie wollte in die Hauptstadt fahren und sich die einheimischen Häuser anschauen.

Vielleicht fand sie auf dem Weg dorthin eine schöne Stelle zum Schnorcheln. Auf Bonaire gab es alle paar Meter einen sogenannten Tauchspot. Nur wusste Waltraud nicht genau, ob sich dort dann auch das Schnorcheln lohnte.

Hinter einer Kurve kam ihnen eine ganze Horde Esel entgegen, diese liefen hier frei herum und wirkten neugierig und friedlich. Leider hatte Waltraud kein Gemüse dabei. Von Werner kam lediglich ein Grunzen, der schlief seinen Rausch aus. Nicht mit Waltraud! Sie musste täglich um sieben Uhr aufstehen, aber ihr Mann lag besoffen im Auto? In der Karibik? Auf keinen Fall!

Sie rüttelte an Werners Arm.

«Guck mal, die Esel!» Sie drehte sich fasziniert zu ihrem Gatten um.

«Waltraud, es heißt DER Esel. Ich bin wenn, ein männlicher Esel.» Werner fühlte sich zu erschossen, um seine Augen zu öffnen und furchtbar schlecht war ihm auch.

«Waaaltrauuuud, ich muss ...» Er stieß die Tür auf und erbrach gefühlte 20 Liter Bier mit diversen Frühstückseinlagen auf die Straße.

«Tschuldigung, eigentlich wollte ich nur rülpsen. Ojeee ist mir übel.» Werner schloss die Augen.

Das schien selbst den Eseln zu viel, sie verschwanden im nächsten Feldweg.

«Mensch Werner, reiß dich zusammen! Dieses Auto gehört uns nicht.» Waltraud dachte nach, wie sollte sie weiterfahren, wenn ihr Mann hier alles vollkotzte?

«Ist es besser?»

«Nein.» Werner war schlechter als schlecht.

«Wir können an dieser Stelle trotzdem nicht stehen bleiben.»

«Dann fahr doch weiter, aber bitte leise.» Es ging ihm unglaublich miserabel.

«Steck wenigstens deinen Kopf nach draußen, falls du erneut brechen musst.» Waltraud wollte auf keinen Fall eine Reinigung riskieren.

Werner versuchte sein Glück, jedoch wurde er immer wieder vom Wind und den Schwingungen des Autos zurückgedrückt.

Nach ein paar Kurven wurde es Waltraud zu blöd. Zum Glück hatte sie ein recht altes Auto gemietet, außer einer Klimaanlage gab es hier drinnen gar nichts, auch keine elektrischen Fensterheber. Sie drückte Werners Kopf aus dem Fenster und drehte die Scheibe hoch. Natürlich nur ein bisschen, nur so weit, dass es nicht wehtat und nichts passieren konnte. Unter seinen Hals stopfte sie ein Handtuch, damit sich die Scheibe nicht in seine Haut einschnitt.

Werner keuchte. «Ich stecke fest.»

«Das ist auch gut so. Wir wollen noch ein paar Kilometer schaffen.» Waltraud lächelte zufrieden.

Während der weiteren Fahrt konnte sie zwar hören, wie ihr Mann sich erbrach, aber immer, wenn sie ihn fragte, ob sie das Fenster runter kurbeln sollte, sagte er, wie gut ihm der Fahrtwind tat, also fuhr sie gemütlich über die Insel und schaute sich aus dem

Auto interessante Akazien und Kakteen an. Außerdem war der ein oder andere Tauchplatz durchaus mit einem kleinen schmalen Stück Strand ausgestattet. Waltraud wusste bereits seit wann die Riffe rund um die Insel unter Naturschutz standen. Sie war daher umso neugieriger auf die Unterwasserwelt. Geschichtlich sollten die ehemaligen Sklavenhäuser auf Bonaire sehr interessant sein, aber mit Werner schien Kultur heute keine richtige Alternative mehr zu sein.

Irgendwann kamen sie zu einer sonnigen Bucht, in der unheimlich viele Surfer ihr Glück versuchten. Waltraud wollte Werner die pralle Sonne ersparen, daher schauten sie sich das hellblaue Wasser nur aus der Ferne an. Gefühlt war es noch klarer als gestern auf Aruba.

Einen Stopp später, in Kralendijk, befreite Waltraud ihren Mann aus seinem Gefängnis. Er hatte einen roten Kopf, wirkte aber unversehrt und fühlte sich im Stande mit in die Stadt zu kommen, also gingen sie ein paar Schritte durch die Gassen.

In einem netten Café entdeckte Waltraud das Millionärsehepaar. Sie war nach Anblick der Frau zu dem Entschluss gekommen, dass die beiden mit *Million* niemals ihren Nachnamen gemeint haben konnten. Die Dame trug riesige goldene Ohrringe nebst passender Kette und ihr Mann starrte auf seine dicke funkelnde Uhr.

Werner musste sich setzen, Millionäre hin oder her. Ihm war warm und schummrig. Sein Magen hatte sich beruhigt, bloß taten ihm jetzt die Ohren weh.

Leider wusste er nicht mehr genau wovon. Er erinnerte sich nur schemenhaft an die Fahrt.

Die Millionäre redeten gerne, sie erzählten von ihrem Leben und ihren Kindern. Waltraud wusste nach einer halben Stunde, wann und wie die zwei früher auf der Ostseeinsel Usedom gelebt hatten. Wie sympathisch! Da konnte sie locker den Reichtum der beiden verzeihen.

In diesem Moment kam Jan am Café vorbei gelaufen. Er hatte einen Platten und brauchte Hilfe. Vielleicht würde Frau Krause ihn mit dem Auto zum Fahrradverleih fahren. Er ging zu ihrem Tisch und wollte gerade zu seiner Frage ansetzen, da kotzte ihm ihr Mann direkt vor, beziehungsweise auf seine Füße. Iihgitt. Was sollte das denn?

«Können sie nicht aufpassen?» Jan ekelte sich zu Tode.

«Das war für das *dick* an meiner Frau.» Werner freute sich im Stillen über seine spontanen körperlichen Reaktionen, auch wenn sie nicht besonders appetitlich wirkten.

Jan verstand nur Bahnhof, musste aber erstmal auf die Toilette, um seine bequemen Markenschuhe notdürftig zu putzen. Danach würde er aus Prinzip zu Fuß zum Fahrradverleih gehen. Das Leben war eben nicht immer fair.

Sein Mann Lukas stand mit den zwei Fahrrädern vor einem Supermarkt. Unglücklicherweise hatte Jan ihre gesamte Barschaft mitgenommen, sodass er sich nicht einmal etwas zu trinken kaufen konnte. Dabei hatte er solchen Durst. Mittlerweile hing er seit über einer Stunde hier herum. Ob Jan sich wieder mit dem älteren Mann vergnügte? Nein, das konnte nicht sein. Dieser Werner Krause schien eh ein bisschen verwirrt, der musste da was verwechselt haben. Ach, das war nicht fair, er stand mittellos neben einem Supermarkt in der prallen Hitze und von seinem Mann fehlte jede Spur.

Waltraud reichte es für heute, sie schleppte Werner zurück zum Wagen. Jedenfalls einmal wollte sie auf Bonaire schnorcheln gehen. Sie sperrte ihren Mann im Auto ein, da würde er immerhin keinen Quatsch machen können. Allerdings säuberte sie erst die Beifahrertür, Werners Mageninhalt war noch an einigen Stellen als dezentes Muster zu erkennen.
«Werner, wartest du im Auto? Hier liegt eine Flasche Wasser, die kannst du trinken.»
«Natürlich. Ich gehe doch jetzt nicht ins Meer. Willst du mich loswerden?» Werner guckte skeptisch. «Das ist nicht fair, ich kann mich in meinem Zustand gar nicht wehren!»
Waltraud musste lachen.
«Nein, ich gehe lieber allein, bei deinem Promillegehalt bekommen selbst die Fische eine Alkoholvergiftung.»

Wie leicht man im Wasser die Zeit vergessen konnte. Waltraud schwamm nur ein paar Mal im Kreis, sah dabei aber mehr Farben als jemals zuvor in ihrem Leben. Die exotisch-bunten Fischschwärme begeisterten sie und auch die Anemonen und der gigantische Rochen wirkten unglaublich faszinierend. Sie hatte sich kurzzeitig wirklich erschrocken, als dieser riesige Knorpelfisch an ihr vorbei zog.

Hoffentlich ging es Werner gut. Wie spät war es überhaupt? Es schien dunkler geworden zu sein und ihr Schiff legte um 18 Uhr ab.

Im Auto lag Werner seelenruhig auf dem Beifahrersitz und schnarchte. Von wegen, sie wäre ein Sägewerk, das konnte er mindestens genauso gut.

Dann der große Schock. Ein Blick aufs Armaturenbrett verriet die Uhrzeit, 17:33 Uhr. Das würden sie niemals schaffen und ein Handy hatten sie auch nicht dabei. Wie konnte die Zeit bloß so rasen? Sie waren doch schon um neun Uhr morgens losgefahren. So schnell es ging, raste Waltraud zum Hafen. 40 km/h hin oder her. Sie mussten ihr Schiff unbedingt rechtzeitig erreichen. Wie sie das Auto loswerden sollte, wusste sie nicht. Wieso fuhr diese Karre denn nur 120? Im Badeanzug mit tropfenden Haaren bog sie wild hupend in die Straße zum Hafen ein. Das Schiff lag noch vor Anker. Die Uhr zeigte 17:50 Uhr. Wie peinlich, das war nicht fair, Waltraud verhielt sich immer sehr gewissenhaft und dann kam gerade sie zu spät zu ihrem Kreuzfahrtschiff.

Sie parkte so dicht wie möglich am Einstieg, raffte ihre Sachen zusammen, weckte Werner und sprang wild gestikulierend aus dem Auto. Glücklicherweise entdeckte man sie sofort. Eine nette Mitarbeiterin eilte zu Hilfe. Sie war es auch, die anderen Schaulustigen den Autoschlüssel in die Hand drückte und

Werner zum Schiff bugsierte.

Als hinter ihr die Türen geschlossen wurden, sackte Waltraud fix und fertig auf dem nächsten Stuhl zusammen. Hoffentlich bekam sie jetzt noch die Kaution fürs Auto zurück, sonst würde die nächsten Monate wirklich Schmalhans Küchenmeister sein.

Das Schiffspersonal redete ihr gut zu. Es war ja alles gut gegangen und man hätte sowieso ein paar Minuten gewartet. Nie wieder würde Waltraud ohne Handy das Schiff verlassen, sie ließ sich gleich eine Telefonnummer für Notfälle geben.

Werner verstand die Welt nicht mehr. Er hatte entsetzliche Ohrenschmerzen und fühlte Übelkeit in sich aufsteigen. Seine Waltraud rannte in ihrem rosagestreiften Badeanzug vor ihm den Kabinentrakt entlang. Waren sie nicht eben Auto gefahren? Aber wieso hatte sie sich nicht abgetrocknet oder angezogen? Irgendwie passte das alles nicht zusammen. Leider schienen seine Sinne noch nicht sonderlich in Ordnung zu sein. Auf Bonaire musste das Bier viel mehr Umdrehungen haben als in Deutschland.

Das Ehepaar Krause war völlig durch den Wind. Beide ließen das Abendessen sausen, legten sich aufs Bett und schliefen sofort ein.

Jan zählte eins und eins zusammen, als die Plätze des älteren Ehepaares am Abend leer blieben, Werner & Waltraud mussten sich abgesetzt haben. Er wollte unbedingt herausfinden, ob sie sich an Bord befanden oder nicht.

Eine Nacht mit Hindernissen

Als Jan mit seinem Lukas um kurz nach Mitternacht gemütlich im Bett lag, sprang er spontan noch einmal auf.

«Duuuu, ich habe da was gehört und schaue mal eben nach.» Er ging auf den Gang und legte seinen Kopf an die Kabinentür der Krauses. Das Sägewerk schlief rein akustisch tief und fest, aber ob auch der Mann im Bett lag? Jedenfalls hatte er seiner Frau nichts angetan. Wer wußte schon, wofür die ganzen Kochutensilien gut sein sollten ...

Lukas wurde unruhig und schlich Jan hinterher. Langsam wurden ihm die gesamten Vorkommnisse zu verworren. Sein Mann hatte ihm vorhin wieder so eine komische Geschichte erzählt. Warum er Stunden brauchte, um zum Fahrradverleih zu kommen und seine Schuhe danach klitschnass waren. Mittlerweile glaubte Lukas gar nichts mehr. Er schaute aus der Kabine und sah, wie Jan den Kopf an die Tür des älteren Ehepaares legte. Also doch!

«Was machst du da?» Lukas schrie aus Leibeskräften. Er wurde richtig zornig. «Seit wann stehst du auf alte Männer und wieso warst du letztens nackt in deren Kabine? Ich weiß ALLES! Deine Affäre hat mich aufgeklärt.» Sein Gesicht spannte sich an.

In Jan brach der kalte Schweiß aus. Welche Affäre

und wie sollte er das jetzt alles plausibel aufschlüsseln?
«Beruhige dich bitte!» Er schlug einen leiseren Tonfall an, «ich erkläre dir gleich alles in unserer Kabine.»

Von dem Geschrei auf dem Gang wachte Werner auf. Er litt unter entsetzlichen Ohrenschmerzen, so als ob er Zug bekommen hätte. Nur wo sollte das gewesen sein? Hoffentlich bekam er hier keine Grippe. Wo kam bloß dieser Lärm her? Er stand auf und öffnete die Kabinentür ... und wer stand da vor ihm? Die beiden kriminellen Frauenverstecker. Der eine glühte vor Wut und schrie, der andere schwitzte und flüsterte. Ein komisches Paar, wenn sie denn eines waren. Oder wollte der eine wieder zu seiner Waltraud? Werner wurde wütend. Was bildete der Fatzke sich überhaupt ein?
«Meine Frau steht nicht auf junge Männer.» Er wollte es diplomatisch versuchen.
Jan und Lukas sahen sich fragend an.
«Warum Frau?» Lukas reagierte als Erster wieder.
«Sie haben doch etwas mit meinem Mann!»
«Waaaas?» Werner bekam Atemnot. «Iiiich? Mit einem Mann? Na hören sie mal, ich war vier Jahre lang bei der Bundeswehr und habe zwei Kinder und wieso mit *ihrem* Mann? Der hat was mit meiner Frau, der kam definitiv NACKT aus unserer Kabine.»
Nun verstand Lukas gar nichts mehr, er musste das Chaos in seinem Kopf in Ruhe ordnen. So schnell er konnte, lief er in seine Kabine zurück und schloss

sich im Badezimmer ein. Jan wollte hinterherrennen, doch Werner hielt ihn fest.
«Wage es nicht, mein Freund! Jetzt erklärst du mir, weshalb ich Ohrenschmerzen habe und wieso dir meine Frau zu dick ist, obwohl du eine Affäre mit ihr hast.» Werner war mit seinem Latein am Ende und wollte jetzt endlich die ganze Wahrheit wissen.
Jan wusste weder ein noch aus und suchte nach einer logischen Erklärung, natürlich ohne den halben Einbruch in die Kabine zu erwähnen. Woher sollte er bitte wissen, warum Herrn Krause Ohrenschmerzen plagten und vor allem, wann hatte er erwähnt, dass seine Frau zu dick war?
Plötzlich fiel es ihm ein. Aruba. Am Strand. Die Mütze. *Das* musste es gewesen sein. Ein simples Missverständnis.
«Ich meinte nicht ihre Frau, ich meinte meine Mütze.» Jan wollte in Ruhe alles aufklären.
«Ich gebe dir gleich einen auf die Mütze.» Werner wurde sauer, wie wollte dieser Typ eine Affäre mit seiner Mütze haben?
Langsam öffneten sich die umliegenden Kabinentüren. Sie waren zu laut. Es wurde sich beschwert. Kein Wunder, der Uhrzeiger bewegte sich auf ein Uhr nachts zu. Werner lies von Jan ab. Er würde Waltraud morgen in die Zange nehmen. Jetzt brauchte er erst einmal seinen Gesundheitsschlaf, sein Kopf und seine Ohren brummten um die Wette.
Jan rannte in seine Kabine und versuchte Lukas alles langsam und besonnen durch eine geschlossene

Badezimmertür zu erklären. Er beichtete seine Langeweile und wieso er in der Kabine des Ehepaares nur mal nach dem Rechten schauen wollte, weil seine Berufsehre ihn gepackt hatte. Und er erläuterte auch das *dicke* Missverständnis am Strand, das Poolgespräch mit Elsa und die Aktion gestern im Café. Ihm war nicht wohl dabei, aber was sollte er machen? Als er sich so zuhörte, merkte er allerdings, wie idiotisch sich seine Ausführungen durch blöde Zufälle anhören mussten.

Nachdem Jan geendet hatte, kam Lukas lachend aus dem Bad und fiel seinem Mann um den Hals. «Hätte ich das alles gewusst, hätte ich viel besser geschlafen. Ich kann mir jedoch nicht vorstellen, warum die älteren Herrschaften kriminell sein sollten, bei Elsa und ihrem Freund sehe ich da schon eher Potenzial. Ich habe diesen Christian-Thomas vor ein paar Tagen mit einer größeren Summe Bargeld gesehen.»

Jan hüstelte. Er war der Polizist und achtete auf jede Kleinigkeit und was passierte? Sein unbedarfter Mann entdeckte viel mehr dubiose Machenschaften als er selbst, dennoch, der Tascheninhalt des Rentnerehepaares blieb mysteriös. Jan beschloss, dass Krauses nicht halb so alt und trottelig waren, wie sie offiziell angaben, dafür wirkten beide viel zu agil, sportlich und trinkfest. Gerade Herr Krause tat immer so, als wenn er mindestens 85 und nicht 65 Jahre auf dem Buckel hatte. Jan musste nachdenken.

Werner saß auf seinem Balkon und hielt sich die Ohren zu. Wo kamen diese Schmerzen her? Er benötigte dringend Tropfen. Ob Waltraud solche Sachen eingepackt hatte? Dazu umtrieben ihn tausende Gedanken wegen der Männer auf dem Gang. Waren die wirklich zusammen? Es schien unlogisch, dass sie ihre Frauen versteckt hielten, das musste Werner nach ein paar Tagen auf diesem Schiff leider zugeben. Trotzdem, normal waren diese Männer nicht. Er hatte Jan halb nackt aus seiner Kabine kommen sehen, da war er sich nach wie vor zu 2000 Prozent sicher.

Anja und Willi Million hockten zu dieser Zeit an der Bar und ließen sich ihren Lieblings-Whiskey schmecken. Dieses All-inclusive-Angebot überzeugte sie auf ganzer Linie. Bis zu dieser Kreuzfahrt hatten sie nur die Türkei bereist, aber dieses Mal wollten sie weiter weg. Krauses waren ihnen von Anfang an sympathisch gewesen, sie mochten spezielle Menschen und mit den beiden gab es immer etwas zu lachen. Bestimmt entstand noch das ein oder andere Gespräch oder sogar eine Urlaubsfreundschaft. Bisher hatte sich das Ehepaar Krause ziemlich bedeckt gehalten, aber eventuell lag das auch an ihrem Namen. Willi und Anja waren es gewohnt, schief angestarrt zu werden, wenn sie ihren Nachnamen sagten, meistens wurden sie dann mit *Mijon* oder *Mallon* angesprochen. Sie hatten natürlich nicht mal den Hauch einer Million in der Tasche, aber das interessierte niemanden.

Millionär blieb Millionär, wenn auch nur vom Namen her.

Morgen würden sie sich die Likörbrennerei auf Curaçao anschauen, da konnte man im Bus schlafen und brauchte noch nicht ins Bett zu gehen.
Es kam allerdings, wie es kommen musste. Anja und Willi überhörten den Wecker und wachten erst auf, als alle Busse abgefahren waren und es längst Mittagessen gab.

Elsa und Christian-Thomas verbrachten fast die ganze Nacht draußen an Deck. Gestern hatten sie auf Bonaire einen Ausflug mit einem alten Schulbus gemacht. Dabei gab es wieder Streit. Es ging um die nächsten zwei Tage. Morgen früh erreichte das Schiff Curaçao, Elsas Heimat. Sie würde knapp zwei Tage lang Zeit haben, um sich umzuschauen und ihre Wurzeln zu spüren. So etwas musste man alleine tun, auch wenn sie Christian-Thomas liebte. Dieser verstand ihren Standpunkt überhaupt nicht und wollte unbedingt dabei sein. Elsa würde ihn einfach abschütteln, sie wusste nur nicht genau wie, ihr Kopf wirkte viel zu durcheinander für ernste Gedanken. Sie konnte eh nicht schlafen und so schauten beide schweigend in den Himmel. Es war eine sternenklare Nacht und das Meer zeigte sich von seiner guten Seite.

Gegen fünf Uhr wachte Waltraud auf und musste sich erst einmal orientieren. Wieso lag sie nackt unter ihrer Decke? Das passierte ihr auch nicht mehr alle Tage. Sie fror. War sie etwa nass ins Bett gegangen oder ging ihr Schiff gerade unter? Langsam setzte ihr Gedächtnis wieder ein und das Puzzle des gestrigen Tages legte sich zusammen. Die Ausflugstour, die sich als Hochleistungssport entpuppte und Werner, wie er im Autofenster festhing und sich übergab. Sie hatte also ihre Rache für die Fast-Verhaftung in Key West schneller als gedacht umsetzen können. Ach, und die rasante Fahrt zum Schiff, sie erinnerte sich nur ungern an diese Strapazen. Waltraud schaute sich ihren tief schlafenden Mann genauer an. Es war zwar beinahe dunkel, aber ihm hingen irgendwelche weißen Papierfetzen aus den Ohren. Vielleicht Ohrenschmerzen? Darüber hatte er ja gestern schon geklagt. Waltraud empfand Werners Blessuren als gerechte Strafe für den anstrengenden Tag mit ihm.

Sie spürte allerdings einen riesen Hunger. Das gestrige Frühstück war die letzte Mahlzeit, an die sie sich erinnern konnte, danach überschlugen sich die Ereignisse und die Nahrungsaufnahme geriet in Vergessenheit.

Werner hatte letztens etwas von geklauten Flugzeug-Chips erzählt, doch wo versteckte er diese? In seiner Tasche? Waltraud durchforstete die sogenannte Zaubertasche und musste schmunzeln. Sie wusste natürlich, dass Werner fast ihre gesamte Kosmetik zu Hause gelassen hatte, aber über den Campingkocher und die Dose Feuertopf wunderte sie sich trotzdem. Glaubte ihr Mann wirklich, sie würden im Urlaub verhungern? Manchmal tat ihr Werner ein bisschen Leid. Seit sie sich Rentner nannten, rechnete er dauernd nach, für welche Ausgaben ihr Geld reichte. Klar gab es weniger Einnahmen als früher, aber arm waren sie noch lange nicht, da konnte Werner versuchen, was er wollte. Immerhin lagen auch die Chips in seiner Tasche. Waltraud schnappte sich zwei Tüten und setze sich nach draußen, bestimmt wurde es bald hell. Eine Balkonkabine war definitiv die perfekte Investition gewesen. Der neue Tag konnte beginnen, Curaçao sollte nämlich neben ihrem 40. Hochzeitstag ihr persönlicher Höhepunkt dieser Reise werden. Werner dachte, dass es dort Kakao gab, aber das würde sich spätestens morgen Abend geklärt haben. Curaçao war die größte ABC-Insel, das wusste Waltraud aus diversen Reiseführern. Hier sollten über 150.000 Menschen leben, die zum Großteil Nachkommen der afrikanischen Sklaven aus dem 17. Jahrhundert waren. Im Westen der Insel gab es viele kleine Buchten zum Ausruhen und schnorcheln und sie hatten viel Zeit um diese zu testen.

Waltraud nahm sich vor mit Werner die Likörbrennerei zu besichtigen und die Königin-Emma-Brücke zu überqueren. Es musste außerdem ein tolles Erlebnis sein, wenn in Willemstad, der Hauptstadt, ein großes Kreuzfahrtschiff von zwei Schleppern in das Hafenbecken hereingezogen wurde. Laut Internet

konnte man in einem Café am Wasser sitzen und dieses Spektakel beobachten. Das wollte Waltraud unbedingt machen und wenn der Kaffee dort zehn Dollar pro Tasse kostete. Das war ihr im Urlaub alles piep egal.
Und auch die Salzseen mussten sie besuchen, da wohnten Flamingos und die hatten sie aus bekannten peinlichen Gründen noch gar nicht gesehen.

Gegen sechs Uhr stand Werner jammernd vor seiner Ehefrau. Seine Ohrenschmerzen brachten ihn gleich um. Waltraud machte kurzen Prozess, immerhin stand ihr Landgang auf Curaçao auf dem Spiel. Sie griff zum Telefon und rief den Schiffsarzt an. Wieso nicht die ganzen Annehmlichkeiten an Bord nutzen? Es handelte sich um einen Notfall!
Eine halbe Stunde später hatte Werner neben den Tropfen in seinen Ohren, zwei Schmerztabletten intus. Sie waren 80 Dollar ärmer, aber saßen händchenhaltend und harmonisch auf dem Balkon und sahen in den Sonnenaufgang. Es war ein wunderschönes Naturschauspiel, wie dieser orangene Ball den Horizont eroberte und das Meer zum Glitzern brachte. Solche Bilder gab es im wolkenverhangenen Deutschland eher selten. Ein unbezahlbarer Moment, das musste sogar Werner zugeben.

Waltraud wollte vor dem heutigen Frühstück noch duschen gehen, das schien ihr nach dem gestrigen Abend ausgesprochen angebracht. Gerade beim Haare waschen schäumte es enorm und roch ganz

anders als sonst, aber es war definitiv ihre Shampoo-Flasche. Diese Marke nutze sie seit Jahren, auch wenn ihre Töchter regelmäßig moderne kleine Fläschen in ihrem Badezimmer vergaßen.
«Waltraud hast du abgewaschen? Es riecht so penetrant nach sauberer Küche.» Werner schrie ins Bad und unterbrach sie in ihren Gedanken.
«Wie soll ich denn abgewaschen haben? Ich dusche!»
«Oooh, äääähm, also ich dachte ... du brauchst doch keine zwei Flaschen Shampoo für zwei Wochen, da habe ich eine ausgeleert und mit Spüli gefüllt, falls wir irgendwie hätten kochen und abwaschen müssen.» Werner wurde leiser. Nicht, dass es Streit gab.

Waltraud nahm es gelassen, sie hatte an Bord eine Parfümerie gesehen, die sie sich sowieso von innen anschauen wollte, das war die Gelegenheit um sich ein neues exklusives Shampoo zu kaufen.

Endlich auf Kakao

Das Schiff wurde in den Hafen von Willemstad gezogen. Bereits gegen sieben Uhr morgens standen viele Passagiere an Deck, um dieses bekannte und beliebte Spektakel zu beobachten. Unter ihnen war auch Elsa, ihr Freund schlief tief und fest und sie hoffte, dass es noch Stunden so bleiben würde. Sie wollte sofort von Bord gehen und mit ihren Recherchen beginnen, sie hatte sich vorgenommen, einen einheimischen Taxifahrer um einen guten Tagespreis zu bitten. Geld war ihr heute gleichgültig und handeln brachte ihr Spaß. Busse fuhren auf Curaçao zwar viele, aber sie hatte in diversen Internetforen gelesen, wie schwierig es werden konnte, die richtige Linie zu erwischen, und auch Pläne gab es angeblich keine. Nein, da schien ihr ein Taxi die deutlich bessere Lösung zu sein.

Als Elsa das Schiff gerade verlassen wollte, kam Christian-Thomas angelaufen.

«Halt! Warte auf mich! Ich habe uns die Tour zur Likörfabrik reserviert. Wir können hinterher dein altes Kinderheim suchen, aber zuerst möchte ich einen Teil deiner Heimat sehen.» Er schnaufte.

Elsa wurde sauer. Sonst buchte ihr Liebster nie spontan irgendwelche Ausflüge. Wieso fing er ausgerechnet hier und jetzt damit an? Na ja, möglicherweise war eine Bustour wirklich nicht schlecht, dabei konnte sie sich kurz orientieren und auf dem

Weg sozusagen *verloren gehen.*

Gegen neun Uhr fuhr der Bus vom Hafen ab. Werner und Waltraud hatten ebenso wie Jan und Lukas, diese Tour gebucht. Werner schaute die beiden Männer böse an. Seine Frau wusste natürlich von nichts, die hatte den nächtlichen Streit verschlafen. Er persönlich würde diese Zwei aber nicht so einfach davonkommen lassen.

Der Ausflugsbus verlies den kleinen Hafen und steuerte als Erstes die berühmte Curaçao-Likörfabrik im Osten von Willemstad an.

«Waltraud, nun guck dir das an!» Werner klang empört, «hier sieht es aus wie in der Türkei oder in Bulgarien.» Da waren letztens die Kinder und die hatten ihm Fotos gezeigt. «Für unter 300 Euro und nicht für füüüünf Tausend pro Person.» Werner bekam ein schlechtes Gewissen. Er würde seiner Frau auf Curaçao eine Kette kaufen, vielleicht half das der Wirtschaft hier ein wenig weiter. Oder neue Schuhe? Er selbst trug wieder seine lilafarbenen Quadratlatschen, so einen Körper voller Sonnenbrände wünschte er niemandem.

«Werner, noch ein Wort über Geld und ich lasse dich nachher von den Haien fressen!» Waltraud fand dieses Thema vor den anderen Leuten im Bus mehr als peinlich.

«Waaaas, hier gibt es Haie? Bekommen wir dann was zurück? Wir sind doch nicht beim Überlebenstraining, das ist ja wie bei der Marine!» Werner hatte seinen Plan, baden zu gehen, gerade gestrichen. Si-

cherlich war das Wasser hübsch und warm, aber gefressen werden wollte er nicht.
Der nette Reiseleiter hatte einen holländischen Akzent und erzählte ein paar interessante Geschichten über die Insel. Hierbei erwähnte er mit Nachdruck, dass er für jede Art von Fragen offen sei. Das brauchte man Werner Krause nicht zweimal sagen.
«Was hat es denn jetzt mit diesem besonderen Kakao auf sich?» Er wollte endlich wissen, warum Waltraud um diesen Namen so ein Theater machte und ihn dauernd verbesserte.
«Wieso Kakao?» Der Reiseleiter wurde nachdenklich, sein Deutsch war nicht perfekt, aber Kakao gab es in dieser Gegend nun wirklich nicht!
«Die Insel Curaçao ist für ihren Likör bekannt, das werden sie alle gleich sehen. Hier gibt es wundervolle Strände, historische Landhäuser und sogar Kalksteinklippen mit einer beeindruckenden Brandung.» Der Reiseleiter versuchte es mit der Ausweich-Methode.
«Hmmm ...» Werner seufzte. Dann eben kein Kakao. Schnaps schmeckte ihm eh viel besser.
Jan hatte dieses Gespräch aufmerksam verfolgt. Handelte es sich um einen Trick? Wozu fragte Herr Krause plötzlich nach Kakao? Darauf konnte er sich keinen Reim machen, jedenfalls noch nicht ...

Der erste Halt der Inselrundfahrt war in vollem Gange. Die Likörherstellung schien äußerst interessant und überall gab es kostenlose Probiergläschen. Bisher kannten die meisten Reisenden nur blauen

Curaçao, hier wurde aber auch gelber, roter und grüner Likör angeboten. Schon leicht schunkelnd lies Waltraud sich eine ganze Produktpallette einpacken. Sie hatte gelesen, dass sie einen Liter Alkohol mit nach Hause nehmen durfte und so entschied sie sich für eine bunte Auswahl kleiner Flaschen.
Elsa dagegen überlegte, wie sie hier wegkommen konnte. Sie meldete sich beim Reiseleiter wegen Kopfschmerzen ab und gab an, ein Taxi zurück zum Hafen zu nehmen. Der Rest würde sich ergeben. Sie schickte ihrem Freund eine schnelle SMS und machte sich auf den Weg in ihre Vergangenheit.

Nach zwei Stunden in der Fabrik fanden sich alle Teilnehmer langsam am Bus ein, lediglich Elsa und Werner fehlten. Christian-Thomas hatte sein Handy gecheckt und gelesen, wie seine Freundin sich allein aus dem Staub gemacht hatte. Gut fand er das nicht, aber Trübsal blasen oder motzen half ihm jetzt auch nicht weiter.
Waltraud wurde unruhig. Wo steckte ihr Mann? Von *eingeschlafen* bis *in den Likörkessel gefallen* war eigentlich alles möglich. Der Bus wollte weiter. Sie fing mal wieder an, sich in Grund und Boden zu schämen. Von wegen, sie sei unpünktlich, sie stand doch hier am Bus und wartete.
Als alle Passagiere Platz genommen hatten, kam Werner im Laufschritt um die Ecke gerannt. Sportlich wirkte er, das musste man ihm lassen, aber warum sah er so beladen aus? Waltraud versuchte zu

erkennen, was ihr Mann alles dabeihatte, konnte allerdings ohne Brille nur Umrisse erkennen. Waren das Buddeln?

Mit acht Flaschen Likör im Arm kletterte Werner in den Bus.

«Waltraud, nimm mir mal was ab! Du siehst doch, dass ich völlig bepackt bin.» Werner wunderte sich in letzter Zeit häufiger über die lange Leitung seiner Gattin. «Und sie, Herr Busfahrer, sie können losfahren, wir sind spät dran.»

Das wurde ja immer schöner, erst kam Werner zu spät und dann gab er auch noch Anweisungen.

Jan und Lukas waren beeindruckt. Von wegen Mitte 60, das konnte gar nicht sein und dieser Fusel, solche Mengen tranken die beiden in einem ganzen Jahr nicht mal zusammen.

»Werner, der Zoll wird dich verhaften. Man darf nur begrenzte Mengen Alkohol ausführen. Ansonsten zahlt man hohe Strafen oder muss ins Gefängnis.» Waltraud zweifelte am gesunden Menschenverstand ihres Mannes.

«Wie ausführen? Die trinke ich noch auf dem Schiff aus.» Werner fing an zu flüstern. «Die habe ich mir kostenlos abgefüllt. Die Mitarbeiter hatten gerade Pause, deswegen sollte der Bus sofort losfahren.» Er schien begeistert von seiner spontanen Idee.

In Waltrauds Körper machte sich hingegen Unbehagen breit, das war Diebstahl, der Sparwahn ihres Mannes raubte ihr den letzten Nerv.

Werner hatte plötzlich eine ganz andere Eingebung. Er verkaufte sieben seiner acht Flaschen für fünf

Dollar das Stück im Bus. Er erzählte von einem Rabatt und so falsch hörte sich diese Version ja gar nicht an. Innerhalb von 15 Minuten war er ausverkauft und kam strahlend zu seiner Frau zurück. Dieser ging es aufgrund der Likörprobe gesundheitlich ziemlich schlecht.
«Wieso bist du denn so blass mein Schatz? Ich habe Geld verdient, 35 Dollar. Davon trinken wir ein Bierchen. Hier gibt es bestimmt Sky Fernsehen und heute Abend läuft Bundesliga, Wolfsburg kämpft um einen Europaleague-Platz. Ich habe gehört, dass Kakao was mit Holland zu tun haben soll und das ist doch irgendwie Europa, auch wenn sie an der Fußball-Europameisterschaft ab und zu nicht teilnehmen möchten.»
«Werner, wir müssen nachher auf das Schiff zurück, da ist alles inklusive und bezahlt.» Waltraud wollte ihren Urlaub nicht mit Fußball gucken verbringen.
«Ach du darfst auf dem Preis rumhacken, aber ich nicht?» Werner war irritiert. «Na komm, lass uns anstoßen, eine Flasche Blue Curaçao habe ich nur für uns zwei aufgehoben ...«

Die Straußenfarm bot zwar eine tolle Aussicht, die 20 Dollar Extraeintritt wirkten jedoch selbst für Waltraud völlig überzogen. An der Ostsee gab es eine Straußenfarm für drei Euro pro Person, da musste sie hier nicht durch die Hitze wandern. Der Geruch, der in der Luft lag, glich einem Pumakäfig, da auch Schweine und Papageien auf diesem Areal wohnten. Außerdem gab es diese Touren nur auf Englisch und

da verstand sie sowieso nichts.
Werner und Waltraud setzten sich auf eine große Terrasse und genossen den Blick auf einige mutige Wassersportler, die in der nahegelegenen Bucht ihrer Leidenschaft nachgingen. Vielleicht sollte sie ihrem Mann jetzt von ihrem kleinen Geheimnis erzählen? Nein, der 40. Hochzeitstag war dafür eindeutig besser geeignet.

Als der Bus den Weg zu den geheimnisvollen Buchten einschlug, waren die meisten Reisenden längst müde, dennoch sollte wenigstens ein Strand besucht werden. Waltraud wollte unbedingt wieder schnorcheln und Werner hatte versprochen, trotz angeblicher Haie, mit ins Wasser zu kommen. Unabhängig davon kamen sie an den berühmten Salzseen vorbei und hier lebten Werners heiß geliebte Flamingos.
Auch ein Blick aus dem Fenster lohnte sich. Vielerorts standen Verkäufer mit kleinen Ständen und boten Früchte oder Maisfladen an. Natürlich war es nicht überall sauber oder modern, aber wer exklusive Häuser erwartete, sollte eben nach Marbella reisen und nicht nach Curaçao.
Christian-Thomas wollte in der Stadt aussteigen, um eventuell seine Elsa zu suchen, auch wenn ihm das aussichtslos erschien. Die UV-Strahlen an einem karibischen Strand waren ihm eh viel zu gefährlich.
Die restliche Reisetruppe traf am Nachmittag an den Salzseen ein. Dieser Bereich lag nicht weit von den

schönsten Stränden Curaçaos entfernt und wurde von den Einheimischen als *Williwood* bezeichnet. In Anlehnung an das große Hollywood in Amerika hatte man hier ein Stück unbebaute Natur für eine positive Außenwerbung genutzt. Ein kleiner Kiosk mit integrierter Bar und Außenterrasse komplettierte den Bereich. Häuser gab es keine, dafür wohnten Hunderte von verschiedenen exotischen Vögeln in dieser Gegend.

Werner stieg aus dem Bus. Schon von Weiten hatte er seine heiß geliebten Flamingos entdeckt. Er ging ein paar Schritte den Steg entlang und kam seinen Lieblingen ziemlich nahe. Waltraud lief ihm wackelnd hinterher. Na, die hatte wohl heute ein bisschen zu viel Likör getankt.

Die anderen Reisenden vergnügten sich im Shop und machten wilde Bilder am Williwood-Schild. Solche modernen Sachen brauchte Werner nicht, er erfreute sich an der Natur. Er konnte sich gar nicht sattsehen und dachte selbst daran, mit Waltrauds Handy ein Foto seiner Lieblingstiere zu machen. Für irgendetwas musste es schließlich gut sein, dieses Ding ewig mit sich herum zu schleppen. Seine Frau schien nach den Geschehnissen in Key West und auf Bonaire labiler geworden zu sein, sie wollte unbedingt überall ein Handy dabeihaben. Werner war sich sicher, dass es Diebe auf den Plan rief, wenn man dauernd mit Technik hantierte, aber seine Meinung interessierte in der modernen Welt mal wieder niemanden.

Am Straßenrand gegenüber des Sees schrie Werner laut auf. «Ich habe es gewusst, ich habe es gewusst!» Die ersten Schaulustigen kamen neugierig zu ihm herüber.

Waltraud schwante Böses. Langsam bekam sie Kopfschmerzen, die extra Liköre im Bus waren nicht eingeplant gewesen.

Werner zeigte stolz eine kleine Pflanze herum. «Das ist Kakao, MEIN Kakao. Ich habe von Anfang an gewusst, dass es hier besonderen Kakao gibt.» Er mochte dieses Getränk gar nicht, aber nun besaß er den Beweis, Curaçao stellte nicht nur ausschließlich Schnaps her.

«Ähm», überraschend mischte sich ein fremder tätowierter Mann aus dem Bus ein. «Die Kakao-Pflanze ist viel größer und soweit ich weiß, wird sie in Südamerika angebaut.»

Werner ging einen Schritt näher an diesen Klugscheißer heran. «Ich habe seit 37 Jahren ein Haus mit Garten und kann ihnen daher versichern, dass fast jede Pflanze am Anfang klein und später groß ist. Und übrigens», Werner wurde lauter, «befinden wir uns geografisch gesehen bereits in Südamerika, nur außenpolitisch zählt Curaçao zu den Niederlanden. Sie sollten sich wirklich besser informieren!»

Ha, dem hatte er es aber gegeben. Es war gar nicht schlecht, wenn man Waltraud, Agnes oder dem Reiseleiter ab und zu mit halben Ohr zuhörte. Apropos Ohr, der Schiffsarzt hatte ganze Arbeit geleistet, Werner empfand eindeutig weniger Schmerzen als noch heute Morgen.

In dem kleinen verwinkelten Shop gab es jede Menge Souvenirs, aber auch eine Packung, die wie Kakaopulver aussah. Der Preis war Werner hierbei vollkommen unwichtig, er musste unbedingt original Curaçao-Kakao kaufen. An der Kasse sah er einen Ständer mit Ketten, wie praktisch, er wollte doch eh die regionale Wirtschaft ankurbeln und seiner Frau eine Freude machen. Er nahm ein blaues Exemplar, bezahlte seinen Einkauf und ging strahlend auf seine Waltraud zu.

«Guck mal mein Schatz, die habe ich dir als Erinnerung an unseren ersten gemeinsamen Urlaub gekauft.»

Waltraud musste schlucken, zwar sah diese Plastikkette mehr als hässlich aus, aber im Grunde seines Herzens konnte ihr Mann durchaus charmant und liebevoll sein.

Gerade als beide in den Bus steigen wollten, sah Werner aus der entgegenkommenden Richtung eine Art Taxi vorbeifahren. Das war die hübsche Frau vom Schiff. Er hatte sie genau erkannt.

«Heee Sie!» Werner rannte zum Reiseleiter. «Wo ist denn die reizende dunkelhäutige Frau von heute Morgen?»

Der Reiseleiter schaute zerknittert. «Die ist vorhin krank geworden und wollte sich ein Taxi zurück zum Schiff nehmen.»

«Dann wurde sie definitiv entführt!» Werner war entsetzt, weil niemand die brenzlige Lage erkannte.

«Werner bitte!» Waltraud trat hinter ihren Mann. «Jeder erwachsene Mensch darf sich hier frei bewegen,

ohne sich bei dir abzumelden, also mach keinen Aufstand und komm mit in den Bus. Wir haben eh nur wenig Zeit, um die Strände zu testen.»
«Morgen ist auch noch ein Tag und ich habe sie genau gesehen!» Anscheinend nahm Werner in diesem Urlaub niemand mehr ernst.
Jan hatte aufmerksam gelauscht. Vielleicht waren Elsa und Christian-Thomas wirklich kriminell, er würde die beiden im Auge behalten.

Da der Kleinbus den Weg zum Strand nicht zwangsläufig schaffte, mussten die Reisenden am Ende der Straße in verschiedene Geländewagen umsteigen. Wie diese Fahrt wackelte, Waltraud merkte, wie ihr Magen rebellierte.
Jan, Lukas und einigen anderen Fahrgästen war das Ganze nicht mehr geheuer. Wo wurden sie bloß hingebracht? Weit und breit gab es keine Häuser und hier sollte ein Strand kommen?
Nach ein paar Minuten über holprige steinige Sandwege mit tiefen Kratern, kam das Wunder direkt auf sie zu. Der Geländewagen bog um die Ecke und das Karibische Meer vertrieb mit seiner glitzernden hellblauen Farbe jegliche Skepsis der Besucher.
Waltraud sah sich um. Sauberer feiner Sand, mehr als glasklares Wasser und ein blaues Panorama sorgten dafür, dass sogar ihr Mann staunend stehen blieb.

Da die Zeit drängte und der Nachmittag dem Ende zuging, wollte Waltraud schnell eine Runde schnorcheln gehen. Dieses Mal kam Werner tatsächlich mit. Es geschahen auf dieser Insel wirklich kleine Wunder.
Schon als sie nur einen Schritt ins Wasser gingen, konnten sie viele verschiedene Meeresbewohner bewundern. Beim Schnorcheln öffneten sich die farbenfrohen Fischschwärme wie Vorhänge, durch die man hindurchschwimmen durfte.

Morgen mussten sie unbedingt einen ganzen Strandtag einlegen. Hier sollte es noch viel mehr solcher kleinen Paradiese geben. In der Altstadt sitzen war ja gut und schön, aber dafür reichten auch die Abendstunden. Das Schiff stand nämlich heute Nacht fest im Hafen.

Williwood auf Curaçao

Salzseen

Cas Abao

Königin-Emma-Brücke in Willemstad

Auf den Spuren
der Vergangenheit

Elsa hatte sich an der Likörfabrik ein Taxi genommen. Sie wollte es sich leicht machen und hielt dem Fahrer die Adresse hin. Der Preis war ihr mittlerweile mehr als egal, Hauptsache sie erreichte endlich etwas. Leider konnte der Mann kaum Englisch, sondern quatschte sie auf Niederländisch voll. Sie hatte gelesen, dass Curaçao noch nicht so vom Tourismus lebte wie beispielsweise Aruba. Viele Menschen arbeiteten bei der Ölgewinnung am Hafen oder in einem anderen Beruf.

Auf der langen Fahrt schienen die Hauptstraßen zwar ganz gut in Schuss, modern sahen die Dörfer und Häuser aber nicht aus. Viele Hühner und Esel rannten quer über die Straße und auch der Verkehr war höchst interessant. Als sie Willemstad verließen, überfuhr der Fahrer mindestens drei rote Ampeln. Elsa glaubte an Gott, sie würde bestimmt wieder heil am Hafen ankommen.

In einem kleinen Dorf, welches sich *Soto* nannte, hielt der Taxifahrer vor einem leuchtenden gelben Haus an. Im eingezäunten Vorgarten liefen Hühner umher, an einem Baum hing frische Wäsche. Elsa versuchte dem Fahrer zu erklären, wie lange sie brauchen würde. Dieser wollte aber sofort *money*.

Vielleicht hatte er Angst, dass Elsa durchbrannte. Sie gab dem Fahrer sein Geld und ging ein paar Schritte Richtung Haustür. In diesem Moment fuhr ihr Taxi quietschend davon. Egal, sie würde sich später darum kümmern. Eine Hausnummer konnte sie nicht entdecken, ebenso wenig eine Klingel. Auf ihr Klopfen reagierte leider niemand. Bis auf die Hühner war nichts zu hören, nicht einmal ein Auto fuhr vorbei. Trotzdem ging Elsa auf das Grundstück und schaute sich um, rechts liefen Hühner über Sand und Schotter, links befand sich ein gepflegtes Beet mit kakteenähnlichen Pflanzen.

Plötzlich schoss ein Hund um die Häuserecke und bellte wie verrückt, er knurrte Elsa an und sprang an ihr hoch. Angestachelt von ihrem Kameraden fingen sämtliche Hunde in der Nachbarschaft mit einem bellenden Livekonzert an. Elsa schaute dem Kläffer nicht in die Augen. Sie hatte nicht viel Ahnung von Tieren, aber sie musste hier unbedingt weg. Langsam ging sie zurück. Der Hund folgte ihr. Zum Glück biss er (noch) nicht zu. Am Gartentor drückte sich Elsa hinaus. Allmählich verstummte ihr Gegner.

Puuuh, das war knapp gewesen. An diese Art Abenteuer hatte sie nicht gedacht.

Da sie keinen blassen Schimmer hatte, wie sie aus diesem Ort wieder wegkommen sollte, schaute sie sich die Nachbarschaft genauer an. Ein paar Hunde lagen im Schatten oder verteidigten lautstark ihr Revier, in Soto verfügte anscheinend jedes Haus über einen tierischen Bewacher.

Einen Menschen konnte Elsa dagegen nicht entdecken oder hielten alle Mittagsschlaf? Klar, die Sonne knallte vom Himmel, aber die leichte Brise machte das Wetter erträglich. Ein Grundstück wollte sie auf keinen Fall mehr betreten, rumstehen kam allerdings auch nicht in Frage. Fuhr hier vielleicht ein Bus oder sollte sie es zu Fuß probieren? Wie weit war es überhaupt in die Stadt? Die Hinfahrt fühlte sich für einen Spaziergang eindeutig zu lang an. Na gut, losgehen schadete ja nicht.

Nach ein paar Häusern lief ein Leguan über die Straße und dann noch einer und noch einer. Elsa hatte schon gelesen, dass viele Leguane auf Curaçao lebten und als Delikatesse zu Suppe verarbeitet wurden. Sie persönlich erfreute sich an Tieren in freier Natur und würde solche Kreationen nie probieren.

Da raste schlagartig ein Auto an ihr vorbei. Es konnte nicht viel Zeit vergangen sein, sie war immer noch in Soto, jedenfalls sahen die Häuseransammlungen danach aus. Das Auto fuhr auf ein Grundstück und Elsa nutze ihre Chance. Sie ging zu dem Fahrer, der ein äußerst attraktives Aussehen besaß, und versuchte ihn auf Englisch anzusprechen. Sie hatte das Gefühl, der Mann verstand, was sie sagte. Er lächelte und legte dabei unglaublich weiße Zahnreihen frei.

Wenn Elsa alles richtig begriffen hatte, wollte der Mann ihr im gebrochenen Englisch erklären, dass die Familienmitglieder bei der Arbeit waren. Den Namen auf ihrem Zettel kannte er nicht. Es schien also weder die richtige Adresse noch die richtige Familie zu sein, die in dem gelben Haus wohnte.

Elsa spürte Verzweiflung in sich aufsteigen. Sie wollte ja gar nicht hier und jetzt ihre Eltern kennenlernen, aber eine Kinderheim-Schwester hätte sie gerne gesprochen. Einfach um zu wissen, wie es war, als sie geboren und abgegeben wurde.

Der Mann erklärte Elsa grinsend wo sich die nächste Bushaltestelle befand, sonst wäre sie dort auch schlichtweg vorbeigelaufen. An der angeblichen Haltestelle stand lediglich ein Pfahl ohne Aufschrift, neben ihm ein Campingstuhl, der nur auf einem Bein stand und von Müll umgeben war. Nein, diesen Platz hätte Elsa niemals für eine Bushaltestelle gehalten, aber sie wartete ab. Irgendwann würde schon jemand kommen, Anhaltspunkte für ihre Suche besaß sie ohnehin keine mehr.

Als Elsa auf die Idee kam auf ihrem Handy nach der aktuellen Uhrzeit zu schauen, kam ein großer weißer Bus um die Ecke. Er öffnete noch während der Fahrt die Türen. Es saßen circa zehn Leute im Inneren, Elsa gab dem Fahrer einen Schein, das würde sicher als Fahrgeld reichen. Hauptsache sie kam näher an die Stadt heran. Curaçao bestand ja nur aus der großen Hauptstadt Willemstad und einigen kleineren Orten, die zum Teil kleine Shops hatten, aber dennoch keine richtigen Städte waren. Die Insel wirkte mit ihren 444 Quadratkilometern allgemein recht überschaubar.

Sie blickte aus dem Fenster in die grüne unbebaute Natur. Ab und zu gab es hier ein paar rummelige

Ecken, aber insgesamt empfand Elsa die Karibik als Paradies. Morgen musste sie sich dringend das Meer anschauen.

Nach einiger Zeit fiel ihr allerdings auf, dass der Bus eine ganz andere Route nahm als ihr Taxi von vorhin. Irgendwie fühlte sich der Ausblick falsch an, es wurde draußen immer grüner und nicht moderner. Sie wollte in die Stadt und der Bus fuhr eher in die Berge. Es standen viele Pflanzen am Wegesrand und auch die Straßen wurden schmaler. Nein, das musste eindeutig die falsche Richtung sein.

Als Elsa ein Restaurant erblickte, rief sie laut «Stopp» und stürzte zu Tür. Der Fahrer guckte zwar komisch, aber er machte ihr auf. Sie sprang auf die Straße und ging ins Innere des Restaurants. Da würde bestimmt jemand Englisch können. Sie brauchte jetzt dringend ein Taxi zum Hafen. Elsa wollte mit Christian-Thomas über ihre Enttäuschung sprechen und sich bei ihm entschuldigen.

Zwei nette Kellner erklärten ihr sogar auf Deutsch, dass sie mit dem Bus wirklich in die falsche Richtung gefahren war, sie befanden sich hier am westlichsten Punkt der Insel. In der Nähe gab es einen Nationalpark mit einem Berg, dem Mount Christoffel. Elsa liebte wandern, jedoch verspürte sie keine Lust, noch ein Abenteuer zu erleben.

Die Männer zeigten ihr die Terrasse, die über direkten Meerblick verfügte und zum Verweilen einlud. Es war fast nichts los, daher entschloss sich Elsa eine Pause zu machen. Sie blickte auf das schimmernde

Meer und versuchte ihre Gedanken zu ordnen. Schade, im Restaurant kannte niemand das Kinderheim oder die Frau von ihrem Zettel, aber wenigstens würde man ihr jederzeit ein Taxi rufen. Elsa entspannte sich sichtlich. In der Nähe dieses Lokals sollte der *große Knip* liegen, hierbei handelte es sich um den angeblich berühmtesten Strand von Curaçao. Sein Motiv zierte viele Postkarten und Plakate der Insel.

Was auch immer sie hier gegessen hatte, es schmeckte vorzüglich. Da sie sich für kein Gericht entscheiden konnte, hatte man ihr das *Dinner des Tages* serviert. Es musste sich um einen besonderen Fisch handeln, der in einer einheimischen Soße gegart wurde, ein Nationalgericht sozusagen. Hauptsache sie hatte keinen Leguan erwischt.

Mittlerweile wurde es Nachmittag und Elsa wollte zurück aufs Schiff. Christian-Thomas schrieb ihr per SMS, dass er ab 18 Uhr im Café an der Königin-Emma-Brücke auf sie warten würde. Das hörte sich für den Anfang schon ganz gut an.

Der Kellner bestellte ihr ein Taxi und anscheinend kannte er den Fahrer persönlich, denn dieser zeigte ihr ohne Aufpreis noch ein paar sehr sehenswerte Ecken im Westen der Insel.

Gerade als sie an den Salzseen vorbeifuhren, entdeckte Elsa den kleinen Bus, der die anderen Kreuzfahrtgäste über die Insel fuhr. War Christian-Thomas auch dabei oder wieso wollte er erst ab 18 Uhr im Café sein? Leider konnte sie in der Kürze der

Zeit nicht reagieren und sah nur den netten Herrn Krause am Straßenrand stehen. Wahrscheinlich heckte dieser wieder einen Streich aus, sie wartete gespannt auf die Geschichten der anderen Reisenden am Abend.

Ihr Taxifahrer verstand Englisch und erzählte Elsa noch auf den letzten Drücker, dass sie sich morgen an das örtliche Amt wenden sollte. Er wusste zwar nicht, ob es half, aber vielleicht war die Dame von ihrem Zettel umgezogen oder man wusste dort andere Dinge über ihre Herkunft.

Klar, Elsa schlug sich mit der flachen Hand an die Stirn. Sie befanden sich hier auf Curaçao und nicht im Dschungel. Natürlich gab es hier Behörden und Ämter. Weshalb hatte sie nicht schon früher und von allein daran gedacht? Leider war morgen Samstag, da würde sie sowieso keinen Erfolg haben. Entweder nahm sie sich ein Zimmer und flog erst nächste Woche nach Hause oder sie kam demnächst wieder zurück. Einen weiteren Urlaub schien diese schöne Insel allemal wert zu sein. Elsa gab dem Taxifahrer ein paar Scheine und stieg aus. Wie sie erwartet hatte, zahlte sie trotz großzügigem Trinkgeld und doppelter Strecke nur die Hälfte im Vergleich zur Hinfahrt. Touristenabzocke gab es auf dieser Welt eben überall. Exotisches Aussehen hin oder her.

Elsa suchte sich einen Platz in dem gut gefüllten Café an der Königin-Emma-Brücke in Willemstad. Von dieser kleinen Fußgängerbrücke hatte sie bereits viel gelesen. Diese verband die Ortsteile Punda und Otrabanda miteinander und wurde am Tag von tausenden Menschen genutzt. Autos mussten den Bereich der Innenstadt sehr weiträumig über eine andere hohe Brücke umfahren. Dieser Umstand hatte mit den riesigen Kreuzfahrtschiffen zu tun, die täglich nach Curaçao kamen. Die kleine Königin-Emma-Brücke konnte nämlich in Windeseile zur Seite geschoben werden. Die Leute mussten dann die kleine Fähre nehmen, um auf die andere Seite der Stadt zu gelangen. Elsa freute sich, dieses Schauspiel direkt vor ihrer Nase zu sehen, da es sie kurzzeitig von ihrer Suche ablenkte.

Als Christian-Thomas ein paar Augenblicke später den Weg zum Wasser einschlug, sah er seine Freundin schon von Weitem an einem der Tische sitzen. Jedenfalls sah sie gesund und munter aus, das war für ihn die Hauptsache. Ein ernstes Wörtchen würde er trotzdem mit ihr reden müssen. In seiner Beziehung fand er Alleingänge unmöglich, er wollte Probleme gemeinsam lösen. Dennoch musste er schmunzeln, da er vor ein paar Tagen im Casino zufällig eine kleine Summe gewonnen, und nun ein Geschenk für seine Süße gekauft hatte. Zugegeben, ihm war die Entscheidung sehr schwer gefallen, aber er wollte Elsa damit zeigen, wie ernst er sie nahm. Er würde ihr gerne bei der Suche nach ihren Wurzeln helfen.
Drei Cocktails später hatten die beiden beschlossen, morgen früh zum Amt zu gehen. Elsa wusste von ihrem zweiten Taxifahrer, dass sich das Melderegister

auf Curaçao nicht im Rathaus befand. Vermutlich hatte dieses samstags geschlossen, aber zumindest kannten sie jetzt die offizielle Adresse der Behörden. Ihren Freund wollte sie nicht nur wegen ihres leichten Schwipses mitnehmen, sondern, weil er wirklich intelligent war und sie ihn liebte. Außerdem bekam sie wunderschöne roséfarbene Ohrringe von ihm geschenkt und das, obwohl sie die letzten Tage nicht gerade mit Charme und Romantik geglänzt hatte.

Christian-Thomas kam beim Bezahlen auf die Idee, eine einheimische Kellnerin zu fragen, ob sie die ehemalige Kinderheimschwester auf Elsas Zettel kannte. Dem war zwar nicht so, aber immerhin wollte sie für Elsa einen Aufruf auf Facebook starten. Jetzt wurde es spannend. Elsa hinterließ ihre Handynummer und drückte sich selbst die Daumen, vielleicht meldete sich ja spontan ein Informant. Für irgendetwas mussten diese modernen Internetsachen schließlich gut sein.

Ein Eklat und
viel bla bla

Waltraud und Werner einigten sich beim Aufstehen darauf, eine kurze Städtetour durch Willemstad zu machen und ein paar Stunden am Strand zu verweilen. Ihre *Kaiserin der Meere* wollte Curaçao leider schon um 16 Uhr Ortszeit wieder verlassen und ab Morgen folgten zwei Seetage auf dem großen weiten Meer. Sie schauten sich bereits früh morgens die kunterbunten Häuser in Otrabanda an und gingen über die Königin-Emma-Brücke nach Punda, um dort Geschenke zu besorgen. Jedoch ohne Erfolg, da die gesamte Einkaufsmeile noch geschlossen hatte. Sie waren viel zu früh dran.

«Ach Waltraud, wir shoppen in Miami, da haben wir am Ende zwei Tage Zeit. Die Kinder merken eh nicht, wo du ihre Geschenke gekauft hast.» Werner fand einkaufen mindestens genau so doof wie einen Samstagvormittag auf Curaçao, an dem um halb elf vormittags die Bundesliga in Deutschland angepfiffen wurde. Allerdings schleppte seine Frau jetzt immer ihr Handy mit. Dieses würde er sich nachher heimlich und diskret ausleihen, wenn sie schnorcheln ging. Der Reiseleiter hatte gestern nämlich erzählt, dass es weder richtige Straßen noch Häuser auf den Schotterwegen zu den Stränden gab, kostenloses WLAN hingegen an jeder Bucht und in jedem Supermarkt verfügbar war.

»Komm, wir nehmen ein Taxi Richtung Strand.» Werner zeigte sich großzügig. «Wir machen uns einen angenehmen Tag in der Sonne.»

«Wie? So früh schon und dann mit dem Taxi?» Waltraud wirkte irritiert. Werner war viel zu geizig für ein Taxi.

«Im Urlaub ist mir das egal.» Werner ging laut pfeifend die Straße entlang und schaute sich nach einer Mitfahrgelegenheit um.

In einiger Entfernung sah er die schöne exotische Elsa mit ihrem Freund in einem großen gelben Gebäude verschwinden. Sie hatte ihm auf Key West charmant und ohne Vorwürfe aus der Klemme geholfen, daher fühlte er sich verpflichtet, sich zu revanchieren. Sein Einschreiten am Pool stellte hierbei nur den Anfang dar, schließlich war er sich sicher, Elsa gestern in einem Taxi mitten in der Pampa gesehen zu haben. Hoffentlich wurde sie nicht verschleppt.

«Waltraud, nun komm! Schaufenster haben wir in Deutschland genug. Da vorne findet gerade eine Entführung statt! Was weißt du über diesen Christian-Thomas? Ihr hattet doch einen Flirt im Casino.»

«Mein lieber Werner, wir hatten keinen Flirt. Wir saßen nebeneinander und haben Roulette gespielt und dieser charmante, intelligente junge Mann hat sogar eine ordentliche Summe Geld gewonnen.»

«Waaaaas? Und das erfahre ich erst jetzt? Waltraud,

wir sind da an einer riesen Sache dran.» Werner bekam Schnappatmung. «Vielleicht will er seine Freundin auf Curaçao verkaufen? Die arme Frau! Komm wir gehen nachschauen, was die beiden da hinten anstellen.»
«Hier wird gar nichts verkauft! Oh guck mal, da fahren Taxen.» Waltraud zeigte nach vorne.
«Na gut,» Werner baute auf die Menschenkenntnisse seiner Frau. Auch wenn diese ihm manchmal katastrophal erschienen. Sie mochte alle Leute, ihr Lieblingsspruch war *Doofe und Nette gibt es überall.* Er selbst ging dieses Problem anders an. Wenn er Personen nicht mochte, mied er diese einfach, wo er nur konnte. Aber dieser Christian-Thomas würde seine Freundin sicher mit zurücknehmen, sonst könnte Werner ja spätestens heute Abend auf dem Schiff Alarm schlagen.
Als ihr Taxi losfuhr, sah Waltraud die jungen Männer, die bei ihnen auf dem Schiff fast nebenan wohnten, winkend am Straßenrand stehen. Sie wirkten so, als ob sie ein Taxi bräuchten und nachtragend wollte sie wirklich nicht sein.
«Haaaaalt!» Waltraud gestikulierte wild und hoffte inständig, dass der Fahrer Zeichensprache verstand. Und richtig, er hielt an, bevor Werner sich beschwerte.
Jan und Lukas wollten zum Strand. Sie hatten Frau Krause allerdings nur lieb gewunken, als guten Morgen Gruß sozusagen, aber wenn die Richtung eh die Gleiche war, dann konnten sie auch alle zusammen losfahren.

Werner zog eine Schnute. Die beiden fehlten ihm gerade noch, machten immer einen auf süß und am Ende hatten sie doch Dreck am Stecken. Das Geheimnis um den nackten Jan in seiner Kabine würde er lüften, da konnten sie seine Waltraud umgarnen, wie sie wollten. Die Männer schienen ein glückliches Paar zu sein, so viel hatte Werner mittlerweile begriffen, aber wieso sie Waltraud und Elsa anbaggerten, blieb ihm ein Rätsel. Oder war das normal, wenn man Männer als Partner mochte? Er hatte ja bisher null Ahnung von dieser Materie.

Der Taxifahrer verstand außer *beauty* und *beach* nicht viel, daher fuhr er das Quartett zum Cas Abao, einem der schönsten Strände Curaçaos. Hier zeigte sich die Welt von ihrer faszinierenden Seite. Der Fahrer versprach zwar um 14 Uhr wieder da zu sein, aber alle wollten dennoch spätestens um halb zwei ein Taxi rufen.
Die kleine niedliche Bucht überzeugte selbst Jan, heute baden zu gehen und dabei mochte er schwimmen und baden ganz und gar nicht, er fror schon bei 23 Grad in der Adria entsetzlich.
Es war erst zehn Uhr morgens und der Strand kaum gefüllt, trotzdem schien die Sonne und ein leichtes Lüftchen wehte den Vieren um die Nase. Sogar Werner wollte überraschenderweise Geld für eine Liege ausgeben. Die kostenlosen Strohschirme, die am Cas Abao im Sand steckten, hatten ihn überzeugt. Es handelte sich ja sozusagen um den letzten Landausflug dieser Kreuzfahrt. Tief im Inneren musste

Werner zugeben, dass ihm diese Reise bisher gut gefiel. Etwas weniger Sonnenbrand wäre wünschenswert, aber immerhin erholten sich seine Füße von den Strapazen der letzten Tage. Er musste zu Hause unbedingt seine Kinder fragen, ob es solche Reisen auch preiswerter gab. Die fuhren dauernd weg und verbrachten mehrere Wochen mit der Planung ihres Urlaubs.

Waltraud nahm ihre Schnorchelsachen und begab sich nach dem Eincremen sofort ins Meer. Wie idyllisch dieses Fleckchen Erde wirkte, die Bucht war umgeben von Felsen, die vielen Leguanen als zu Hause dienten. Der Sand unter ihren Füßen fühlte sich fein und weich an und das Wasser leuchtete in den schönsten Farben. Jan und Lukas folgten Waltraud, weil sie von ihren Erzählungen derart hingerissen waren, dass sie die bunten Fische mit ihren eigenen Augen sehen wollten. Glücklicherweise konnte man sich an einer Bude Schnorchel- und Tauchausrüstungen leihen.

Werner blieb an Land. Er nahm sich das Handy seiner Frau und versuchte ins Internet zu kommen. Er hatte selbst so ein Ding und schaute damit sogar Videos von Uwe und Lothar. Wie man hier allerdings ins Internet kommen sollte, konnte er nicht herausfinden. In diesem Augenblick hörte er, wie sich vor ihm eine kleine Gruppe auf Deutsch unterhielt. Das war seine Chance. Werner ging hinüber und beschrieb sein Internetproblem. Wie erwartet, bekam der junge Mann innerhalb von 20 Sekunden eine Verbindung. Er erzählte noch irgendwas von WLAN

Schlüssel und so Gedöns, aber da hörte Werner schon nicht mehr zu. Hauptsache er konnte sich eine Seite mit Liveticker der Bundesliga suchen, Waltraud beguckte eh wieder zwei Stunden lang ihre drolligen Fische. Ob sie zu Hause auf die Idee kam, ein Aquarium zu kaufen? Sie besaßen draußen einen Teich. Da würde ihr Werner was erzählen! Sollten ihr die Kinder eben zu Weihnachten Karten für eine Angelausstellung schenken.

Als Bayern und alle anderen Vereine in die Halbzeit gingen, schaute Werner sich um. Waltraud und ihre beiden neuen Freunde schwammen noch immer im Wasser. Seine Frau hatte ihm im Taxi extra mit Nachdruck erklärt, dass er erst nach frühestens drei Stunden die Rettung rufen durfte und diese schienen längst nicht um zu sein. Seine Wertsachen wollte Werner auch nicht unbeaufsichtigt lassen, deswegen blieb er lieber liegen. Apropos Wertsachen, lagen die Klamotten der beiden Gockel unbewacht auf ihren Plätzen? Lasen die denn keine Zeitung? Selbst an der Ostsee wurde man am Strand bestohlen, wenn man nicht aufpasste. Er schaute nach rechts zu den verwaisten Liegen und plötzlich kam ihm eine zündende Idee. Werner stand auf und blickte sich um, sie lagen relativ weit hinten und morgens gegen halb zwölf war hier nicht viel los. So elegant und diskret er konnte, sammelte er die T-Shirts und Hosen seiner heimlichen Feinde ein. Doch, wohin jetzt mit den Sachen? Vernichten mochte er die Kleidung nicht, er wollte sich nur für die Aktionen mit Waltraud rächen und die beiden ordentlich ärgern.

Er raffte seine Wertsachen und die fremden Klamotten zusammen und ging mit Waltrauds Strandtasche auf die Männertoilette. Eigentlich war dieser Ort als Versteck zu simpel, allerdings fiel ihm spontan nichts Besseres ein und auffallen wollte er natürlich nicht. Er legte seine Beute unter das Waschbecken und aalte sich fünf Minuten später in der Sonne, als wäre nie etwas gewesen. Die zweite Halbzeit konnte beginnen.

Jan, Lukas und Waltraud hatten eine spannende und äußerst bereichernde Schnorchel-Tour hinter sich gebracht, sogar einen Hai hatten sie getroffen. Na gut, nach näherem Hinsehen mussten sie alle drei zugeben, dass es sich wohl eher um einen besonders großen Fisch mit riesigem Maul handelte. Es reichte auch in dieser Bucht, knietief im Wasser zu stehen, um die ersten Fische zu beobachten. Es war unglaublich, wie schön die Welt sein konnte.

«Huhu Werner», Waltraud winkte ihrem Gatten zu.
«Nanu, warum hast du denn mein Handy in der Hand? Gab es einen Notfall?» Im Ausland war Werner bisher gegen Handys gewesen.
«Nein, nein. Bayern spielt, das ist mir zufällig eingefallen.» Werner versuchte unschuldig zu wirken. «Sie führen in Hamburg. Toll, oder?»
«Wissen sie, wo unsere Kleidung abgeblieben ist?» Lukas kam zu Werner und Waltraud herüber.
«Nein», Werner tat arglos. «Ich war so vertieft in mein

Internet, da habe ich rein gar nichts mitbekommen.»
«Komisch.» Lukas überlegte, wer klaute denn Anziehsachen und ließ Telefone und Bargeld liegen?
Er suchte mit Jan das Strandstück ab, fragte Mitarbeiter und schaute in die Herrentoilette. Ihre Hosen und T-Shirts blieben verschwunden. Was sollten sie jetzt machen? In Badehosen und mit Handtüchern um die Hüften zum Schiff fahren? Hilfe, war das peinlich, aber was anderes blieb ihnen offenbar nicht übrig.
Werner kratzte sich am Kinn. Weshalb lagen die Klamotten nicht mehr auf der Männertoilette? Er hatte sie doch vor circa 20 Minuten dort abgelegt. Er würde nachher unauffällig nachschauen, aber erstmal kam die Schlusskonferenz im Internet.

Gegen halb zwei am Mittag wurde die Strandtruppe ungeduldig. Außerdem war das Bier hier viel zu teuer. Werner plagte ein schlechtes Gewissen wegen seines Streiches, daher hatte er die jungen Männer auf ein Bierchen eingeladen und ihnen das *DU* angeboten. Waltraud fand dieses Benehmen merkwürdig. Sicher, Bayern hatte gewonnen, aber so fromm war ihr Mann sonst bloß nach einem erfolgreichen Finale und nicht während der stinknormalen Bundesliga-Saison.
Jan wunderte sich ebenfalls über das Verhalten seines neuen Lieblingsrentners. War der wirklich nicht kriminell? Wofür nutzte er dann die Campingtasche? Wollte er sich absetzen oder seine Frau verlassen? Nein, für ein Eheproblem hatte Werner

eindeutig zu aggressiv reagiert, als Jan sein Fauxpas mit der dicken Mütze am Strand von Aruba passiert war.

Wohl oder übel mussten sich Jan und Lukas ihre Superman-Handtücher um die Schultern legen und in grünen Badehosen zum Taxi gehen. Immerhin ihre Schuhe hatte der Dieb ihnen dagelassen. Mit ein wenig Fantasie sahen ihre Oberkörper durchaus trainiert aus.

Alle vier kamen gegen halb drei wieder am Schiff an.

Elsa und ihr Freund standen am Pier. Elsa telefonierte aufgebracht, aber glücklich und auf Englisch mit ihrem Handy. Christian-Thomas stand daneben und machte eifrig Notizen.

Jan sah die beiden skeptisch an. Standen dort die wahren Verbrecher an Bord? Werner hatte er von seiner Verdächtigen-Liste gestrichen. Der war nur ein armer Rentner, der gerne Bier trank und kein einfaches Leben führte. Schließlich musste er laut seinen Erzählungen ein Vierteljahrhundert mit zwei Töchtern, einer Ehefrau und seiner Schwiegermutter zusammen in einem Haus wohnen. So ein Leben wäre Jan viel zu stressig. Er zog im stillen den Hut vor Werners Leistung, Frauen konnten nämlich ziemlich anstrengend sein.

Werner suchte den Boden nach Grünzeug ab. Vielleicht fand er auf den letzten Drücker noch eine kleine Kakaopflanze, die er mitnehmen konnte. Er glaubte fest an eine örtliche Kakaoherstellung und dabei war es ihm auch völlig egal, ob Frau Vicky Pedia oder die Reiseleitung davon wussten oder nicht. Zum Glück hatte er im Shop von Williwood eine Packung braunes Gold ergattern können.

Anja und Willi Million kamen in letzter Sekunde mit einem Taxi um die Ecke gebogen, sie hatten beim Shoppen die Zeit vertrödelt.
Elsa erkannte den blöden Taxifahrer von gestern wieder und zeigte ihm die Faust. Nach dem Tag in Soto stand ihr dieses Zeichen eindeutig zu. Dieser Typ hatte sie erst abgezockt und sich dann auf und davon gemacht.
Werner verstand Elsas Geste vollkommen falsch. Er wollte ihr zu Hilfe kommen, weil er von ihrer gestrigen Taxi-Entführung wusste, jedenfalls bildete er sich das sein. Er ging wild zornig und schimpfend Richtung Wagen. Der Taxifahrer stieg aus. – Huch, stehend wirkte er mindestens zehn Zentimeter größer als Werner. Unbedeutend. Ein Krause setzte sich durch. Werner hasste Menschen, die nicht für das einstanden, was sie sagten. Am besten änderten sie noch jeden Tag ihre Meinung, wie eine Fahne im Wind. Nein, so war Werner nicht. Einen Taxifahrer, der Frauen verschleppte, würde er nicht einfach davonkommen lassen, schon gar nicht auf einer Insel, die offiziell europäisch sein wollte.
Er holte aus und schlug dem Mann eine blutige Nase. Normalerweise mochte er keine Gewalt, aber diese Urlaubshormone hatten es wirklich in sich. Sie gaben einem enormen Aufwind.

Der Fahrer ließ sich diesen Schlag natürlich nicht gefallen und stieß Werner seinerseits zu Boden und das alles mit Mitte 60, Werner hörte es bedenklich in seinem Rücken knacken.

Zum Glück griffen Jan und Lukas ein, so halb nackt zeichneten sich bei Jan einige Armmuskeln ab. Für irgendetwas musste seine Polizeisportgruppe ja gut sein.

Elsa erstarrte, sie konnte ja nicht ahnen, dass sich der nette Herr Krause für sie prügelte. Sie wollte dem unmöglichen Taxifahrer nur ein Zeichen ihres Unmutes für die gestrige Fahrt nach Soto geben. Andererseits war es durchaus alte Schule, eine fremde Frau zu verteidigen. Das kannten die jungen Männer von heute sowieso nicht mehr. Sie kniete neben Werner und versuchte ihn zu beruhigen, schließlich war sie Ärztin. Doch dieser sprang auf und ging aufs Schiff, sonst kam bloß wieder die Polizei oder er wurde festgenommen. Die reagierten hier im Ausland ja besonders schnell und unhöflich.

Waltraud entschuldigte sich hingegen mehrmals beim Taxifahrer, der sich seine blutende Nase hielt. Sie drückte ihm heimlich 100 Dollar Schmerzensgeld in die Hand. Werner wurde aber auch von Tag zu Tag teurer.

Wahrscheinlich tat sie dem Fahrer leid, denn er winkte ab und fuhr ohne ein weiteres Wort von dannen.

Auf Wiedersehen Curaçao

Als die *Kaiserin der Meere* gegen 16 Uhr von mehreren Schleppern Richtung Ozean gezogen wurde, hatten sich die Gemüter langsam beruhigt. Waltraud verstand zwar nicht, wozu Werner fremde junge Frauen verteidigen musste, aber so lange er selbst noch wusste, was er tat, schien alles halbwegs in Ordnung zu sein. Morgen feierten sie ihren 40. Hochzeitstag und da wollte sie auf den letzten Drücker keinen Streit mehr anzetteln.
Werner lobte seine Leistung im Geiste. Es war selbstverständlich einer jungen Frau zu helfen, die im Pool von fremden homoloellen Männern belästigt und auf Curaçao fast entführt wurde. Darüber hinaus tat ihm Elsa leid, sie machte hier eine tolle Schiffsreise mit ihrem Freund und was tat der? Er ließ sie einsam am Pool liegen oder ging ins Casino, um ihren Hausstand zu verzocken. Von der Aktion gestern mal ganz abgesehen, da hatte er seine Freundin anscheinend auch allein über die Insel fahren lassen. Nein, Ehre sollte ein Mann schon besitzen. Davon war Werner überzeugt.

Elsa lächelte selig. Sie hatte vorhin einen Anruf von der Kellnerin aus dem Café bekommen. Es gab eine

Person im Internet, die den Enkelsohn ihrer Kinderheim-Angestellten kannte. Allerdings lebte dieser in der der Nähe von Eindhoven in Holland. Christian-Thomas hatte schlauerweise alles notiert, was Elsa am Telefon sagte. Sie würde sich wohl oder übel bei Facebook anmelden müssen, um diesen Enkel zu kontaktieren und mehr herauszufinden, aber das war es ihr wert. Sie musste diese wundervolle Insel so oder so noch einmal bereisen. Eine solch tolle Urlaubsatmosphäre hatte sie bisher selten erlebt.

Jan und Lukas mussten sich natürlich erst anziehen, bevor sie an Deck gehen konnten. Es war mega peinlich, halb nackt durch die Gegend zu laufen und in eine Rangelei verwickelt zu werden. Jans Theorien, dass Elsa und Christian-Thomas Dreck am Stecken hatten, verdichteten sich. Warum sonst hätte sie dem Taxifahrer vorhin Schläge androhen sollen, die Werner aufgrund zu vieler männlicher Hormone sofort ausführte? Nein, nein, von allein schlug sich niemand die Nase ein. Jan musste dringend seinen Kollegen Frank in Deutschland überreden, die beiden durch den Computer zu jagen, die benötigten Nachnamen würde er schon noch herausbekommen.

Werner genoss in seinem blauen Polo-Shirt das Treiben an Deck. *Die Sissi der Meere,* wie er sie mittlerweile heimlich und liebevoll nannte, fuhr dem Horizont entgegen. In drei Tagen würden sie bereits wieder Fort Lauderdale anlaufen. Ja dieses Kakao hatte ihm sehr gut gefallen, auch wenn er sich keine Pflanze stibitzen konnte.

Als er gedankenverloren auf das Wasser schaute, kam ein kleines Schiff immer näher. Zuerst wurde Werner Angst und Bange, dieses kleine Boot erweckte sein Mitleid. Mit einem 300 Meter langen Koloss sollte man sich lieber nicht anlegen. Oder waren das da unten etwa Piraten? Er hatte irgendwo gelesen, dass die Piraterie noch immer einige Meere beherrschte.

Werner reagierte blitzschnell, er rannte zum Alarmknopf und drückte ordentlich. Bei der Rettungsübung am ersten Tag hatte man allen Passagieren extra erklärt, wie man den Alarmknopf betätigen sollte, wenn Gefahr in Verzug war. Leider oder eher zum Glück hatte er das bei seiner *Mann-über-Bord-Aktion* vergessen, aber bei einem Piratenangriff verstand Werner keinen Spaß. Sie wurden hier gleich alle überfallen! Er lehnte sich über die Brüstung und zeigte dem kleinen Schiff seine Faust, das hatte heute schließlich schon einmal perfekt funktioniert. Er musste ja niemandem erzählen, wie sehr sein Rücken dank des Sturzes schmerzte. Mit seinen 65 Lenzen piksten seine Knochen eben allgemein ab und zu.

Komischerweise passierte gar nichts. Werner hatte gedacht, dass Sirenen angeworfen oder Durchsagen gemacht wurden, wenn jemand den Alarmknopf drückte, stattdessen kam nach gefühlten zehn Minuten ein Mitarbeiter der Crew und fragte, was genau passiert wäre. Werner schaute nach unten, das kleine Schiff war aus seinem Sichtfeld verschwunden. Er hatte die Piraten wohl mit seinem Mumm und seiner Faust vertrieben. Nein, er wollte weder Aufsehen erregen noch Lorbeeren ernten, deswegen machte er sich langsam, still und unauffällig auf den Weg Richtung Kabine.

Anja und Willi Million hatten Werner beobachtet und amüsierten sich köstlich über diese Szene. Auch sie hatten das kleinere Segelboot gesehen, aber es schien ihnen weit genug entfernt zu sein. Sie wollten nicht als Spielverderber gelten und verrieten Werner daher nicht. Hoffentlich gab es hier keine Kameras, sonst würde der liebe Herr Krause mal wieder einen auf den Deckel bekommen.

Werner bemerkte auf dem Weg in die Kabine ein kleines Problem, er hatte noch gar kein Geschenk für Waltraud besorgt. Morgen war ihr großer Tag, da entwickelten Frauen generell sehr komische Ansprüche. Sie sagten Sachen wie *keine Geschenke* und meinten damit *nur eine Kleinigkeit* oder sie erwarteten, dass ihr Partner das ganze Jahr bei Dingen Notizen machte, die sie irgendwann nebenbei mit *oh wie süß* oder *das will ich später haben* betitelt hatten. Er konnte so durch die Blume-Sachen nicht leiden, entweder sagte seine Frau, was genau sie für ein Geschenk haben wollte oder er fragte seine Töchter. Sollte er jemals an die Weltherrschaft kommen, mussten alle Frauen direkt sagen, was sie dachten, ohne Verschnörkelungen und diesen ganzen Tüdelkram. Auch für morgen hatten sie *wir schenken uns nichts* vereinbart, allerdings wusste Werner, was dieser Deal bedeutete. Daher wollte er ein Präsent besorgen. Zu Not behielt er es eben in der Tasche, dann konnte er Waltraud nicht verlegen machen, falls sie sich ausnahmsweise an diese Abmachung hielt.

Die Drogerie an Bord hatte geöffnet. Hier drin stank es wie auf Agnes 60. Geburtstag, da waren unfassbar viele Frauen in ihren Parfümtopf gefallen. Ihm und Lothar wurde schon nach ein paar Minuten unglaublich schlecht. Vielleicht sollte Werner ein Shampoo kaufen? Er hatte ja die eine Flasche auf dem Gewissen und musste zugeben, dass man auf diesem Schiff gar nicht abwaschen brauchte.

Die nette Dame in der Drogerie konnte zwar kein Deutsch, aber Werner zeigte wie wild auf seine Haare und *Shampoo* war doch Englisch, oder nicht? Leider kam die Verkäuferin auf die Idee, ihn mit Düften zu besprühen, er japste nach Luft. Puuuh, roch das ekelhaft. Nein, er wollte nur ein Shampoo, am besten eines, was nicht so stank. Am Ende kaufte Werner ein Haarwaschmittel für 30 Dollar, dafür bekam er im heimischen Supermarkt 35 Stück seiner persönlichen Lieblingsmarke. Immerhin wären seine Töchter stolz auf ihn gewesen, sie versuchten ihm seit Jahren zu erklären, wann günstig nicht automatisch gut bedeutete.

Jan und Lukas standen an Deck, hier sollte es vorhin einen Alarm gegeben haben. Da von Werner Krause weit und breit nichts zu sehen war, brachten die beiden dem Ganzen keine weitere Aufmerksamkeit entgegen. Curaçao wurde in der Ferne immer kleiner. Einen bezaubernden Platz hatten sie dort entdeckt, natürlich war es nicht so modern wie im *richtigen* Holland, dafür überzeugte die Unterwasserwelt als absolutes Paradies. Bis vor zwei Tagen mochte Jan Fische nur aus der Pfanne, aber jetzt hatte er Blut geleckt und wollte unbedingt in einen reinen Tauchurlaub fahren. Lukas, Waltraud und der Strand Cas Abao hatten ihn tatsächlich infiziert. Vor dem Landgang hatten sie allgemein viele negative Kommentare von Reisenden über Curaçao gelesen. Angeblich gab es im Rest der Karibik noch viel viel schönere und vor allem längere Strände. Das konnte vielleicht sein, aber sie persönlich brauchten keinen vier kilometerlangen Strand mit 2000 Tagestouristen, die sich um jeden Zentimeter Sand kloppten. Ihnen reichte eine kleine schnuckelige Bucht, die man sich den ganzen Tag über mit nur sehr wenigen Menschen teilen musste. Lukas war eh der Meinung, dass man nicht vereisen sollte, wenn man deutsche Standards und Ansprüche an den Tag legte. Manchmal wirkten die deutschen Touristen tatsächlich so, als wenn sie überall deutsches Essen und deutschsprachiges Personal erwarteten und am besten mussten alle weiteren Urlauber aus Deutschland kommen. Nein, dann sollte man lieber zu Hause bleiben. Andere Länder, andere Sitten, das war doch gerade das Spannende am Urlaub.

Beim heutigen Abendessen behandelten die Passagiere Werner irgendwie komisch und auch Waltraud wunderte sich, dass sie am Buffet überall vorgelassen wurde. Da die beiden aber weder Englisch noch andere Sprachen beherrschten, wussten sie nicht, ob und was über sie getuschelt wurde. Kurzzeitig dachten sie sogar, dieses Vorlassen wäre eine Art moderne Polonaise oder ein anderes karibisches Spiel. Erst später, beim Essen, klärte Willi Million sie auf. Natürlich konnte so ein weit gereister Millionär Englisch. Werner fand diese Sprachangeberei zu übertrieben. Er sprach Plattdeutsch, das war in seinen Augen ohnehin viel wichtiger als Englisch.

Willis Eindrücke und Übersetzungen schienen dennoch einleuchtend: Als Werner dem Taxifahrer kurz vor Abfahrt des Schiffes die Nase lädiert hatte, standen viele Passagiere oben an Deck und beobachteten die Szene. Werners rüpelhaftes Verhalten führte nun dazu, dass man nicht nur ihm, sondern auch Waltraud überall respektvoll den Vortritt ließ. Schließlich wollte im Urlaub niemand Ärger haben oder Schläge riskieren.

Werner fand das äußerst amüsant, so kam er am Buffet als Erster dran und musste nicht die kalten Sachen essen. Waltraud wurde unterdessen nachdenklich. Sie wollte nicht als Schlägerehefrau in die Geschichte dieser Kreuzfahrt eingehen und sie musste unbedingt mit Werner besprechen, was sie von den ganzen Geschehnissen zu Hause erzählen konnten uns was nicht. Sie sah ihre lachenden Töchter und Freundinnen im Geiste schon vor sich. Nur ihr Schwiegersohn, der würde ihnen stolz auf die Schulter klopfen, der drängelte sich nämlich überall vor und lebte frei nach dem Motto *Dreistigkeit siegt*. Allerdings kam er in den meistens Fällen mit seinem Verhalten durch und auch ansonsten benahm er sich äußerst charmant und großzügig. Gut, für seinen komischen Fußballgeschmack konnte er nichts, diese Macke musste anerzogen sein.

Der Abend verlief viel lustiger als erwartet. Die Millionäre waren finanziell gar keine Millionäre. Sie hießen nur so mit Nachnamen. Werner glaubte das Ganze erst, als sie ihre Ausweise vorzeigten. Und die beiden wirkten mega nett, sie hatten bloß die Hälfte der Landausflüge verschlafen, weil sie das All-inclusive-Paket an Bord so richtig ausnutzen wollten. Diese Einstellung verstand Werner natürlich mehr als alles andere.

Drei Flaschen Whisky später waren sich alle vier einig, dass sie sich zeitnah besuchen mussten. Anja und Willi Million liebten die Ostsee und damit konnten Krauses logischerweise das ganze Jahr über dienen.

Dank ihrer neuen Freunde wussten Werner und Waltraud nun auch, wie dicht Sachsen-Anhalt und Wolfsburg zusammen lagen. Sie konnten also quasi ihre Tochter und ihre Freunde auf einmal beehren.

Gegen Mitternacht versuchte zuerst Waltraud vom

Stuhl aufzustehen, sie musste sich aber schnell wieder an der Tischkante festhalten. «Hilfeeee, wir sinken, das Schiff hat Schlagseite.» Ihr wurde schummrig, alles um sie herum wackelte.
«Schatz, das ist der Whiskey.» Werner wandte sich an seine neuen Freunde. «Meine Frau verträgt normalerweise eher Wein, aber in diesem Urlaub ist irgendwie alles anders, da nimmt sie gerne mal ein Likörchen oder jetzt eben eine Pulle Whiskey zu sich. Ich bringe sie mal lieber ins Bett.» Er musste seine gesamten Sinne bemühen, um gerade und stilvoll aufzustehen. Werner war fast ausschließlich Bier- und Cola-Rum-Trinker und kannte sich mit diesem Teufelszeug so ganz und gar nicht aus. Er harkte Waltraud unter, grüßte seinen neuen Freunden wohlerzogen zu und bemühte sich, so würdevoll wie möglich mit seiner Liebsten zu den Kabinen zu kommen. Sie hielten sich zwar des Öfteren an den Wänden oder Geländern fest, aber auf irgendeine Art und Weise schafften sie es zu ihrer Tür.
Nur ging diese dusselige Schlüsselkarte nicht in den Schlitz über der Türklinke. Es klemmte, die Tür ging nicht auf.
Werner fluchte. «Diese Technik, Waltraud geh du bitte zur Rezeption hoch!»
Allerdings ging seine Frau nirgendwo mehr hin. Sie rutschte langsam mit dem Rücken die Wand herunter und blieb auf dem Gang sitzen, lehnte ihren Kopf zurück und schloss die Augen. Ja schlafen, das war es, was sie jetzt wollte.
«Haaaaseeeee», Werner wollte noch nicht aufgeben.

«Ich will nicht auf dem Gang schlafen. Wach auf!» Doch Waltraud fing just in diesem Moment an zu schnarchen.

Jan und Lukas schliefen bereits, als es an ihrer Kabinentür kratzte. Sie nahmen die Geräuschkulisse vorerst nur im Halbschlaf wahr, es wurde geflucht und plötzlich wurde eine Säge angeschmissen, jedenfalls hörte es sich so an.
«Du gehst, du bist der Polizist.» Lukas drehte sich zur Seite. Zu irgendwas musste diese Krimi-Sucht seines Liebsten ja gut sein.
Jan stürmte, in Unterhosen bekleidet, Richtung Tür. Da hörte er erneut dieses Kratzen, er riss die Tür auf und …
… stand Werner gegenüber, der neben seiner auf dem Boden schlafenden Frau stand und schlimmer roch als eine überfüllte Kneipe am Berliner Hauptbahnhof.
«Du schon wieder!» Werner hob die Faust. «Wieso kommst du immer halb nackt aus meiner Kabine?»
«Ich wohne hier.» Jan wollte nicht noch einmal in eine Rangelei verwickelt werden. «Das ist unsere Kabine, eure ist da drüben.» Er zeigte nach rechts.
«Oh», jetzt dachte auch Werner nach. «Na ja, hier sieht doch alles gleich aus, nichts für ungut, dann schlaft mal schön. Ich kenne das von meinen Töchtern, ihr jungen Leute braucht eh mehr Schlaf als unsere Generation, gute Nacht!» Werner ging zwei Kabinen weiter.

Kurz vor seiner Tür fiel ihm ein, dass er Waltraud vergessen hatte, ihre Geräuschkulisse war nicht zu überhören. Er ging zurück und versuchte seine Frau zu wecken, zog ihr liebevoll an den Haaren, schubste sie an und sprach mit ihr. Trotzdem regte sich rein gar nichts. Er konnte Waltraud auf keinen Fall hier liegen lassen, was sollten sonst die Leute denken? Er überlegte, ging in die Kabine und kam mit einer Flasche Wasser wieder heraus.
«Es tut mir leid mein Schatz», Werner sagte das mehr zu sich selbst als zu Waltraud, «aber es muss sein.» Mit diesen Worten goss er seiner Frau einen Liter bestes Mineralwasser über den Kopf.
Es wirkte, Waltraud kam langsam zu sich und begann sich zu orientieren. Über ihr stand Werner mit einer Flasche Selter in der Hand und wieso war ihr bitte so furchtbar übel?
«Hilf mir mal hoch!» Um sie herum drehte sich alles. Das nannte die Jugend wahrscheinlich heutzutage den 360 Grad-Effekt. Sie bekam manchmal von ihrem Schwiegersohn Bilder, auf denen man alles im Kreis sehen konnte. Dieses Verfahren musste mit Sicherheit ein Besoffener erfunden haben.

Wie die Zwei es geschafft hatten ins Bett zu kommen, wussten sie am nächsten Morgen selbst nicht mehr, aber es war ihr 40. Hochzeitstag und sie lagen nach Fusel stinkend, völlig erschlagen und leidend in ihrer Kabine. Weder Werner noch Waltraud besaßen die Kraft und Muße sich zu bewegen oder gar etwas zu essen.

Der 40. Hochzeitstag

Nach dem Mittagessen fassten sich Willi und Anja Million ein Herz, sie wollten unbedingt nach ihren neuen Freunden sehen. Der gestrige Abend hatte ihnen gut gefallen und Krauses feierten heute ihren 40. Hochzeitstag. Komischerweise waren Werner und Waltraud weder beim Frühstück noch beim Mittags-Buffet zu sehen gewesen. Ob sie krank im Bett lagen oder überfallen wurden?

Am Nachmittag klopfte es an Krauses Kabinentür. Beide lagen ungewaschen und in der Kleidung vom Vortrag in ihrem Bett.
Stöhnend drehte sich Waltraud zur Seite. «Ich bin krank!»
Werner wollte nicht aufstehen, jeder seiner Knochen wog zehn Kilo mehr als sonst und sein Kopf dröhnte. Er konnte sich jetzt nicht unterhalten.
«Hallo, haaalloooo, hier sind Anja und Willi!» Sie hörten doch, wie ihre neuen Freunde in der Kabine flüsterten.
«Ich komme gleich.» Werner übte Contenance. Wer saufen konnte, konnte auch arbeiten. So war sein Motto, da würde ein kleines Gespräch unter Freunden schon keine Hürde sein. Er erhob sich ganz langsam von seinem Bett und schaute in den Spiegel. Oh Gott, ach herrje, also zuerst noch ein klitzekleiner Abstecher ins Bad und dann die Tür öffnen.

«Guten Morgen meine Lieben.» Werner versuchte ein Grinsen. «Waltraud geht es nicht gut, Bauchweh, sie hatte wohl gestern am Strand zu viel einheimisches Essen, daher bleibt sie ein bisschen liegen.» Er hoffte inständig, dass diese Ausrede plausibel klang.
«Ach komm...!» Willi kannte sich mit Alkoholnachwirkungen aus. «Das ist halb so schlimm. Ihr seid ein paar Jahre älter als wir, da müsst ihr erst einmal üben. Außerdem braucht ihr frische Luft, ihr habt doch einen Balkon. Ich hole jetzt was zu trinken und danach setzen wir uns gemeinsam nach draußen und feiern eine kleine private Viererparty. Ach ja, alles alles Gute zum Hochzeitstag!» Er drehte sich um und Anja quetschte sich an Werner vorbei in die Kabine.
Waltraud zog sich die Decke über den Kopf. Neue Freunde hin oder her, sie würde nie nie wieder Alkohol trinken.

Anja setzte sich sofort nach draußen und schaute begeistert über das weite Meer. «Aber über uns sagen, wir wären Millionäre. *Wir* haben nur eine popelige Innenkabine.» Sie lachte. «Nett habt ihr es hier und trotzdem liegt ihr den ganzen Tag im Bett. Hopp hopp, macht euch frisch.» Sie guckte Richtung Deckenberg. «Meine liebe Waltraud, ich habe in meinem Leben bereits viel Schlimmeres gesehen als einen weiblichen Whiskey-Fan und so einen sonnigen und wunderschönen Seetag verpennt man doch nicht, schon gar nicht, wenn es der eigene 40. Hochzeitstag ist!»

Es half alles nichts, Waltraud streckte sich. Jede Bewegung glich einem Marathon. Sie sah auf ihre verknitterte Garderobe herab. Sie konnte sich nicht daran erinnern, jemals mit Klamotten ins Bett gegangen zu sein – bis heute.

Im Bad der nächste Tiefschlag, ihre Wimperntusche hing an den Wangen und ihr Lippenstift schmückte ihre Zähne. Na ja, jedenfalls hielt er lange, genauso wie es der Hersteller in der Werbung versprochen hatte.

Sie stellte sich unter die Dusche. Das würde bestimmt helfen, dazu viel frische Luft und ein Glas Wasser. Vielleicht wäre danach alles nur noch halb so schlimm.

Als sie gewaschen und angezogen auf den Balkon trat, saßen Willi, Anja und Werner einträchtig am Tisch und tranken. Oh nein, Sekt und Bier. Waltraud wurde übel, sie wollte nur ein Wasser.

«Die neuen Nachbarn waren so gut, uns Stühle zu leihen, die sind erst auf Curaçao zugestiegen und sagen immer *Tuschen* oder sowas.» Werner nahm einen tiefen Schluck aus seiner Flasche. Ein Konterbier in Ehren konnte niemand verwehren.

«Wir sollten eine Essensgrundlage für den Magen schaffen», warf Waltraud ein. «Und ich möchte nie wieder Alkohol trinken.»

«Ach Quatsch mit Soße.» Willi wischte ihre Einwände vom Tisch. «Du bist einfach nicht in Übung. Wenn wir euch besuchen, bringen wir dich so richtig auf Vordermann. Wir haben übrigens gerade einen Termin gemacht.»

Waltraud schaute ihren Mann überrascht an. Eigentlich machte er keine Termine, aber die beiden Millionäre waren schlichtweg zum Verlieben. Warum sollten sie also nicht zu Besuch kommen?
«Ich habe sooooo einen Hunger.» Werner unterbrach ihre Gedanken. «Ich könnte uns etwas kochen.»
«Nein», Anja klatschte begeistert in die Hände. «Du kannst kochen? Und wie? Und wo? Bist du Koch?»
«Nein, nein», Werner winkte ab. «Ich habe nur für alle Fälle einen Campingkocher, einen Topf und einige Suppen dabei.» Still im Inneren freute er sich einen Keks, dass seine Zaubertasche heute zum Einsatz kam.
«Dann müssen wir aber hier draußen brutzeln», mischte Willi sich ein, «sonst geht das ganze Brandmeldesystem des Schiffes los. Das muss ja nicht sein.»
Waltraud hatte keine Chance. Die anderen drei kochten sich mit einem Campingkocher eine Bohnensuppe und das auf einem Kreuzfahrtschiff, welches ein All-inclusive-Angebot an Speisen und Getränken bot. Sie nahm es sportlich, so wäre jedenfalls das Gepäck auf dem Rückflug leichter, sie wollte doch in Miami noch einiges einkaufen.
Ihr Nachmittagsmenü an ihrem 40. Hochzeitstag bestand also nicht aus einem schönen großen Stück Torte an Deck, sondern aus vier Löffeln Feuertopf. Werner hatte aus Platzgründen keine Teller eingepackt und so ging der hölzerne Kochlöffel immer reihum. Waltraud kannte das schon von zu Hause,

selbst ihre Kinder hatten früher oft aus Töpfen gegessen, damit sie keine Teller abwaschen mussten. Dafür empfand sie es hier draußen als sehr gesellig, Anja und Willi waren zwei ganz tolle Menschen.
Trotzdem trank Waltraud nur Wasser. Sie wollte Werner doch später etwas erzählen und das ging mit so einer Schlagseite wie gestern Abend auf keinen Fall.
Anja und Willi redeten durcheinander, «wo habt ihr denn den Gaskocher gekauft? Hier auf dem Schiff?»
«Wie?» Werner stockte. «Den habe ich von zu Hause mitgenommen, der ist von den Kindern. Die Kartusche war noch zu.»
Willi starrte ihn erst überrascht und dann entsetzt an. «Du hattest eine Gaskartusche mit im Flugzeug und die Amis haben dich nicht festgenommen? Solche Sachen sind verboten!»
«Huch, na das wussten wir nicht.» Werner war irritiert. «Was hätte auch passieren sollen?»
«Na, das Ding hätte in die Luft fliegen können.» Willi lachte sich halb schlapp. «Ihr gefallt mir, macht jeden Tag etwas Verbotenes und merkt es nicht einmal.»
Das stimmte ja nun überhaupt nicht. Werner und Waltraud kamen aus dem beschaulichen Schleswig-Holstein, einer Umfrage nach lebten dort die glücklichsten Menschen Deutschlands. Die Segelolympiade wurde 1972 in dieser wunderbaren Region ausgetragen, der Landarzt um die Ecke gedreht und sogar die Nummer Eins der Damentennisweltrangliste kam aus ihrem Bundesland. Nein, kriminelle

Dinge, so etwas kannten sie zu Hause ganz und gar nicht.
«Tut mir einen Gefallen und lasst das Ding an Bord, wenn wir übermorgen in Florida anlegen. Dort steht der Zoll und nimmt alles auseinander!» Willi schlug einen ernsteren Tonfall an.
«Oha», dann war es wohl eine glückliche Fügung, dass Werner seinen Campingkocher durch die ganzen Kontrollen bekommen hatte, ansonsten müssten sie jetzt alle hungern.

Zwei Kabinen weiter standen Jan und Lukas auf ihrem Balkon und genossen die Aussicht. Fast neben ihnen saßen Krauses mit ihren neuen Bekannten und aßen aus einem Topf. Allerdings nicht aus irgendeinem, sondern aus genau dem Topf, den Jan am Anfang der Reise für Diebesgut gehalten hatte. Lukas schlug ihm versöhnlich auf die Schulter. «Nun guck nicht so, die haben dieses Menü vermutlich nur eingepackt, weil es sie an die Anfangszeiten ihrer Liebe erinnert, sie sind heute 40 Jahre verheiratet. Möglicherweise war das damals ihr allererstes gemeinsames Essen.»
Jan seufzte, sein Lukas machte aus jeder noch so verwirrenden Situation ein romantisches Spektakel. Wann wurde die Dosensuppe überhaupt erfunden? Er dachte nach....

Am Abend wollten sich Waltraud und Werner etwas ganz Besonderes gönnen. Sie hatten draußen an

Deck einen eigenen Tisch bestellt. So richtig mit Kerzen und einem persönlichen Kellner, das durfte man an seinem 40. Hochzeitstag ruhig mal probieren. Waltraud zog ihr petrolfarbenes Kleid an, welches ihrem Gatten außerordentlich gut gefiel, aber auch Werner ging, in Hemd und mit Sakko über dem Arm, aus der Kabine.

Beide kamen mit wackeligen Beinen zum Dinner, sie waren eben keine 30 mehr. Klammheimlich beneidete Waltraud die Generation ihrer Kinder, die konnten über Tage trinken und es ging ihnen trotzdem erschreckend gut. Na ja, vor 40 Jahren hatten sie auch wilde Gartenpartys gefeiert und waren morgens um sieben ins Bett gegangen und um acht zur Arbeit gefahren. Wenn es sein musste sogar mit einem zugehaltenen Auge, damit man nicht alles doppelt sah. Das schien heute natürlich undenkbar, aber früher hatten das einfach alle so gemacht. Das Auto kannte ja den Weg zur Arbeit und wieder nach Hause zurück.

Als ersten Gang gab es einen Tintenfischsalat. Waltraud wusste, dass ihr Mann exotisches Essen weder mochte noch gerne fremde Kreationen probierte, aber er hatte ihr nachdrücklich erlaubt, spezielle Speisen zu bestellen und wirklich, Werner testete einen Tintenfisch und schluckte diesen nahezu unzerkaut und mit viel Wasser herunter. Probiert war probiert. Wie Werner sich doch auf seine tägliche Scheibe Schwarzbrot mit Margarine freute, wenn sie wieder zurück nach Deutschland kamen oder die Bratwurst auf dem Sportplatz, ihm lief bereits das

Wasser im Mund zusammen. Na gut, er musste zugeben, dass die Gerichte an Bord sehr lecker schmeckten, wenn man diese Fischkäfer-Fleischmischungen einmal ausklammerte.

Beim Abräumen stand plötzlich ein Crew Mitglied vor ihnen und gratulierte höflichst zu ihrem Ehrentag. Bei dem Preis war das jawohl auch selbstverständlich.

Der junge Mann flüsterte Werner ins Ohr. «Sie bekommen von mir nur keine Strafe für ihren Feueralarm, weil sie 40. Hochzeitstag haben. Unsere öffentlichen Bereiche sind videoüberwacht, wir sehen alles!»

«Und warum schicken sie dann nicht die Feuerwehr?» Werner schluckte empört, sie hatten ihn tatsächlich gesehen und nicht reagiert?

«Wir schauen erst auf unseren Aufnahmen, ob es wirklich ein Feuer gibt. Wenn dem so wäre, würden wir natürlich gleich alle Einsatzkräfte zum Tatort schicken, aber dem war ja NICHT so.» Der Clown sprach mit zischendem Nachdruck in seine kranken Ohren und verabschiedete sich.

Werner fand das Sicherheitssystem an Bord weiterhin viel zu gefährlich.

Nach dem zweiten Gang fragte er sich allerdings, wieso das Thema immer noch nicht auf Geschenke zu sprechen kam, er hatte das Shampoo hübsch verpackt in seiner Sakkotasche verstaut. Zu Not schenkte er es seiner Frau Ende April, da feierte sie Geburtstag.

Kurz vor dem Dessert setzte Waltraud zu ihrer

Beichte an. Es war nichts Schlimmes, aber darüber reden musste man in einer Ehe trotzdem.

«Duuuuuuu Schaaaatz,» Waltraud versuchte es auf die weibliche Art.

«Wie teuer?» Werner kannte diese lang gezogenen Worte. Wenn Frauen so anfingen, wollten sie Dinge, die Geld kosteten oder nervten. Diesen Trick hatte ihm sein Schwiegersohn in den letzten Jahren bereits beigebracht und es stimmte zu 99,9 Prozent.

«Wie teuer?» Waltraud war verdutzt. «Ich wollte dir ein Geheimnis erzählen. Es nicht weiter schlimm, dennoch umtreibt es mich schon seit Wochen.»

«Ich weiß.» Werner beugte sich vor. «Ich kann zwar nicht durch die Blume, aber ich kenne dich. Wenn du bei SOKO im Fernsehen freiwillig und schnell zum Telefon läufst und den Anrufer NICHT unhöflich abwürgst, dann kann etwas nicht stimmen. Was hast du denn auf dem Herzen?»

Werner wusste ja, dass seine Frau gesund war und alles andere interessierte ihn nur minimal.

Waltraud überraschten die Antennen ihres Gatten. Kam das im Alter oder hatten seine Töchter ihm etwas verraten? Die wussten nämlich längst Bescheid.

«Du regst dich doch immer über Ausgaben und Geld auf, gerade bei unserer Kreuzfahrt sind dir die 10.000 Euro ein Dorn im Auge oder nicht?»

«Ach was, dafür war es vorhin sehr lustig auf unserem Balkon.» Werner winkte ab. «Ich werde es überleben, das Geld ist ja jetzt eh weg.»

Waltraud setzte erneut an. «Ich habe vor ein paar Monaten Omas letzte Kartons sortiert. Weißt du, die standen noch im Keller, ich konnte sie damals nicht wegschmeißen.»

Was hatte denn jetzt seine Schwiegermutter mit diesem Schiff zu tun? Oma Hertha war schon im Oktober 2008 gestorben.

«Auf jeden Fall habe ich in diesen Kartons 20.000 Deutsche Mark gefunden und davon diese Kreuzfahrt bezahlt. Du hast also keinen müden Euro dazu geben müssen.» Eventuelle steuerliche Nachzahlungen für dieses Erbe verschwieg Waltraud vorsorglich.

Langsam drangen die Worte zu Werner vor. «Wie Deutsche Mark? Die nehmen hier nur Dollar und wieso 20.000?» Das klang viel.

«Werner, ich war 43 Jahre lang Bankkauffrau, ich habe das Geld bei der Bundesbank in Euro umgetauscht, das kann man auch 15 Jahre nach Euroeinführung noch machen.»

Jetzt fehlten Werner die Worte. Oma Hertha hatte immer gerne und mit warmer Hand gegeben, aber 20.000 Euro im Schuhkarton überstiegen trotzdem seine Fantasie.

«Wie hat Oma das bloß gemacht? Sie war doch regelmäßig mit dem örtlichen DRK auf Reisen, dazu diese ganzen Schuhe für Mone & Maren ...»

«Das weiß ich auch nicht.» Waltraud dachte nach. «Oma wollte sicher, dass wir uns davon etwas Schönes gönnen und nicht eine neue Klärgrube bauen oder neue Pflastersteine kaufen.» Ihr war es manchmal wirklich ein Dorn im Auge, wie viele Baustellen

an einem Haus repariert werden mussten. Von Wegen einmal gebaut und es gehörte einem. Sie hatten 1978 aus ihrem Elternhaus ein Doppelhaus gemacht und es seitdem gefühlt schon zwei Mal bezahlt. Eine neue Küche, ein neues Bad, eine neue Terrasse oder eine neue Heizung, irgendwann wurde alles marode. Dieses Geld war für die Seele, deswegen hatte sie diese große Reise heimlich gebucht.
«Du hast recht», Werner zeigte sich versöhnlich, «ich hätte das Geld niemals für eine sonnige Bootstour ausgegeben, sondern davon einen Rasenmähertrecker oder neue Zähne gekauft. Komm, lass uns auf Oma anstoßen!» Er schaute in den Himmel. «Und ich verspreche dir, dass wir ab jetzt öfter in den Urlaub fahren werden, nur vielleicht deutlich günstiger.»

Er zwinkerte seiner Frau liebevoll zu.

Das Beste
kommt zum Schluss

Der letzte Tag dieser Kreuzfahrt begann, morgen würde die *Kaiserin der Meere* den Hafen von Fort Lauderdale anlaufen. Zum Glück hatten Werner und Waltraud noch eine Nacht in einem Hotel in Miami dazu gebucht, um sich die Stadt anzuschauen. Na gut, eigentlich war es im Reisepaket inklusive, aber sie taten ja neuerdings gerne dekadent.
Am Abend würden auf dem Schiff mehrere Wettbewerbe stattfinden. Unter anderem sollte eine Bauchtänzerin auftreten und ein Karaoke-Singen starten.
Nachmittags gab es erst einmal für alle Interessierten ein Bingo Spiel an Deck. Waltraud freute sich diebisch. Sie liebte Bingo und kaufte sich fleißig jede Woche ein Fernsehlos. Ab und zu gewann sie kleinere Beträge, auch wenn sich das am Ende wahrscheinlich nicht rechnete. Immerhin tat man etwas Gutes für die Umwelt, es gab sogar in ihrer idyllischen Heimat Projekte, die von Bingo, der Umweltlotterie, bezuschusst wurden.
An Bord konnte man eine weitere Kreuzfahrt auf die Bahamas gewinnen.
Werner wirkte seit gestern noch zufriedener, er machte Ferien, sein Kontostand befand sich im grünen Bereich und mit Willi Million hatte er einen wahren Freund gefunden. Sie saßen an Deck, tranken

ein kühles Bier und schauten hinaus aufs Meer. So ein Urlaub bot durchaus schöne Seiten, das gab er mittlerweile gerne zu.

Mitten in ein Gespräch über die Vor- und Nachteile von Rum und Bier platzte ein Mitarbeiter des Showprogrammes. Er fragte, natürlich auf Englisch, ob die Männer heute Abend am *belly dance* teilnehmen wollten. Leider hatten beide schon leichte Schlagseite und hörten nicht mehr richtig zu.

«*Jelly* bedeutet *Gelee* und *Fans* kennst du ja.» Willi erklärte Werner die Übersetzung. «Es wird um Marmeladenbrot oder Bonbons gehen, ob man Geschmäcker erkennt oder so was. Wir können da gerne mitmachen.»

Werner strahlte, er liebte Bonscher.

Begeistert trugen sich die Männer in die Liste ein und freuten sich auf den geselligen Abend.

Jan und Lukas saßen währenddessen mit Waltraud und Anja am Bingotisch. Auf einer Kreuzfahrt konnte man ruhig mal etwas Neues ausprobieren.

Die ersten Zahlen machten Jan noch Spaß, aber absahnen taten am Ende nur die Anderen. Außerdem war dies doch eh ein All-inclusive-Schiff, was sollte man hier also Großartiges gewinnen? Waltraud sah das ganz anders, ihre Cousine hatte vor Jahren beim Bingo sogar ein Auto gewonnen, aber diese Familie gewann sowieso dauernd irgendetwas. Heute wollte Waltraud unbedingt auch einen Preis ergattern. Am Ende wurde es ein Gutschein der hiesigen Drogerie. Na ja, das war besser als nichts. Ihr taten die beiden jungen Männer fast ein wenig Leid, sie hätten mindestens zwei Mal Bingo gehabt, aber da sie lieber in der Gegend herumguckten und Leute beobachteten, hatten sie eben nicht aufgepasst. Waltraud mochte es allgemein nicht, wenn Menschen nur andere Begebenheiten oder Leute angafften, ohne sich auf ihren Gegenüber zu konzentrieren. Sie kannte Personen, die immer in Blickrichtung zu Tür sitzen wollten, um bloß nichts auf der Welt zu verpassen. Wenn man so unaufmerksam und neugierig durchs Leben ging, hatte man selbst schuld.

Elsa und Christian-Thomas lagen am Pool. Es sah leicht bewölkt aus, das kam Christian-Thomas mit seiner UV-Angst sehr entgegen. Er war so intelligent, dass er jeden Nachteil der Erdatmosphäre kannte und somit wusste, wann und wieso Sonnenstrahlen gesundheitsschädlich sein konnten. Elsa ignorierte solche Fakten. Sie befanden sich hier schließlich im Urlaub und nicht im Forschungszentrum der Uni Kiel.

Mitten in ihre Gedanken klingelte ihr Handy. Sie erschrak. Das war bestimmt ein Hinweis. Elsa hatte sich schon gestern Abend bei Facebook angemeldet, um den ominösen Enkel zu finden. Sie hatte ihn auf Englisch angeschrieben, ihr Problem erklärt und ihre Nummer hinterlassen. Ja und jetzt, jetzt klingelte ihr Telefon.

«Rangehen wäre nicht schlecht.» Christian-Thomas wunderte sich über die langsamen Reaktionen seiner Freundin. Sonst war sie als Ärztin extrem auf

Zack. In manchen Wochen schlief sie insgesamt lediglich 20 Stunden, ohne sich jemals zu beschweren.

Und tatsächlich, der Enkel ihrer gesuchten Kinderheimmitarbeiterin rief an. Leider wusste seine Oma nicht mehr viel über Elsas Fall. Sie konnte sich allerdings erinnern, dass es nur ein kleines Mädchen in den Achtzigerjahren gab, welches nach Deutschland adoptiert wurde. Elsa wurde spontan ganz warm ums Herz, dieses kleine Mädchen MUSSTE sie gewesen sein. Tragischerweise konnte die ältere Dame selbst kein Englisch, wusste aber noch, wann Elsa in einem Körbchen vor dem Heim abgelegt wurde. Es gab leider offiziell keine Angehörigen und auch keine Geschichte zu ihr.

Nach diesen Worten schlug Elsas Stimmung in Trauer um. Natürlich fühlte es sich befriedigend an, zu wissen, was mit ihr passiert war und woher sie kam. Leider wusste Elsa nicht, was sie mit diesen Informationen anfangen sollte. Es war ja nicht gerade die feine Art, sie wie Mogli aus dem Dschungelbuch in einem Korb abzulegen.

Christian-Thomas starrte sie abwartend an, er sah das Ganze, wie immer, eher pragmatisch. «Du hast in Deutschland tolle Eltern und du hast mich, wir könnten heiraten und eine Familie gründen. Du hast gesehen, wo du geboren wurdest und wir verbringen schöne Tage miteinander. Was will man im Leben mehr?»

Das war eine gute Frage. Seine Wurzeln wollte wohl jeder kennen, aber ihr Freund hatte prinzipiell recht.

Die letzten 34 Jahre führte sie ein glückliches Leben, dann konnte das auch so bleiben und wer wurde schon in einem Körbchen gefunden? Das wirkte doch auf den zweiten Blick echt spannend.

Beim letzten Dinner an Bord wurden viele Passagiere wehleidig. Die Fahrt hatte am Ende alle überzeugt, es gab leckeres Essen, ausnahmslos tolles Wetter und die ABC-Inseln waren alle drei definitiv eine Reise wert. Bonaire klein, gemütlich und als Taucherparadies, Aruba mit kilometerlangen Stränden und einem dicken amerikanischen Einschlag und natürlich Curaçao mit seinem karibisch-europäischen Flair und den vielen paradiesischen Buchten. Nicht zu vergessen, das beschauliche und von Holzhäusern gesäumte Key West als erste Station ihrer Reise.

Heute gab es ein amerikanisches Buffet. Burger & Co konnte Werner nicht leiden. Seine Töchter hatten ihn früher regelrecht angebettelt in diverse Fast Food Restaurants zu fahren, aber er mochte dieses ganze Zeugs trotzdem nicht. Schade, dass er nur eine einzige Dose Feuertopf eingepackt hatte, außerdem wollte er den anderen auch nicht den Abend verderben, daher hielt er ausnahmsweise mal den Mund und knabberte an einer Art Gerippe mit hauchdünnem Fleisch. Das schmeckte furchtbar rauchig und nach Honig, aber irgendetwas musste man ja essen. Und dann mit den Händen, igitt, das mochte Werner noch nie. Messer und Gabel waren doch nicht umsonst erfunden worden. Schlimmer als das Essen schmeckte bis jetzt bloß das amerikanische Bier, diese labbrige Note kannte er aus Deutschland gar nicht.

Nach dem Essen ging Werner mit einem frisch gezapften Pils und einem fast leeren Magen in den Tanzsaal. Hier sollte gleich die leckere Verkostung stattfinden.
Beim folgenden Showprogramm ergatterten die vier Freunde einen Tisch in den vorderen Reihen. Es war ganz schön was los, aber sie wollten unbedingt einen guten Blick auf die Bühne haben, weil Werner und Willi voller Überzeugung damit angaben, gleich an einer Art Marmeladen-Probe teilnehmen zu dürfen. Waltraud maulte anfangs ein wenig, weil ihr Gatte sie nicht gefragt oder angemeldet hatte, aber dafür war es jetzt zu spät, dann würden die Frauen eben zuschauen.
Nach einigen tollen Gesangs- und Showeinlagen kamen plötzlich zwei sehr attraktive Frauen in Bauchtanzgewändern auf die Bühne. Sie tanzten alle Tische an und näherten sich mit kreisenden Hüften und klimpernden Schritten Werner und Willi.
«Guten Abend», die Damen benutzten mehrere Sprachen, «wir führen ihnen nun eine Bauchtanzeinlage vor und diese beiden netten Männer hier sind bereit uns zu unterstützen. Ich bitte sie um einen großen Applaus!»
Die Menge klatschte.
Jan und Lukas pfiffen vor Begeisterung, so viel Mut

und Humor hatten sie Werner im Leben nicht zugetraut.

Werner und Willi wussten nicht, wie ihnen geschah.

«Bauchtanz? Nur über meine Leiche!» Werner fand seine Fassung als Erster wieder.

«Wie kommen die denn darauf?»

«Hier ist die Liste.» Der höfliche Herr von heute Nachmittag kam auf sie zu. «Und Röcke habe ich ihnen auch gleich mitgebracht. Damit es schön klimpert. Ziehen sie doch am besten ihre Hemden aus!»

«Toll», Werner guckte Willi giftig an. «Gelee probieren? Da kann ich ja besseres Englisch.»

«Tja, ich weiß nicht wie das passieren konnte.» Willi schaute zerknirscht, «aber wenn wir jetzt kneifen, können wir uns gleich über die Reling stürzen. Das wäre viel zu peinlich.»

Waltraud und Anja mussten sich beherrschen, um vor Lachen nicht in Tränen auszubrechen. Willi hatte *belly* mit *jelly* verwechselt und nun sollten die beiden angeduselten Männer im Röckchen ihre Hüften kreisen lassen. Waltraud lobte sich in Gedanken dafür, dass sie ihr Handy jetzt immer dabeihatte. Da würden gleich tolle Fotos herauskommen, die ihr sicher irgendwann mal von Nutzen waren.

Werner stand auf. Er überzeugte, dank des Sports, mit einer super Figur. Allerdings fand er Tanzen im Allgemeinen mehr als dämlich. Hauptsache Willi machte mit, der wirkte für sein Alter nicht besonders akrobatisch.

Zu verschiedenen orientalischen Klängen bewegten

sich die Bauchtänzerinnen im Takt. Willi und Werner versuchten es ihnen gleich zu tun. Da der gesamte Saal mittlerweile stand und applaudierte, konnte es gar nicht so schlimm sein.

Nach einer geschlagenen Stunde war es vorbei. Derartig viele Hüftschwünge hatte Werner in seinem gesamten Leben noch nicht gemacht, ihm lief der Schweiß die Stirn herunter. Willi saß puterrot auf dem Boden und schnappte nach Luft. Jetzt brauchten sie erstmal zwei kühle Biere. Er sah zu den Frauen herüber, diese Nebelkrähen lagen auf dem Tisch und lachten sich kaputt. Zwischendurch kreischten sie oder wischten sich die Tränen aus dem Gesicht, um danach wieder schallend mit dem lachen anzufangen. Konnte die Eine innehalten, fing die andere von vorne an.

Drei Biere später hatten sich die Männer ein wenig von ihrem Auftritt erholt. Hauptsache es gab keine Beweise, Werner im Klingel-Röckchen mit bauchfreiem Hüftschwung, das würden Lothar und seine anderen Fußballkumpels sicherlich nicht männlich finden.

Als der Karaoke-Wettbewerb begann, forderte Willi seinen neuen Freund tatsächlich zum Duett auf.

«Auf keinen Fall!» Werner verschränkte demonstrativ die Arme. «Ich singe hier sicherlich nicht mit dir *an der Nordseeküste* von Klaus & Klaus.»

Leider hatte er die Rechnung ohne seine unmögliche Ehefrau gemacht.

«Wenn du nicht singst, schicke ich Lothar sofort Bilder von deiner Bauchtanzeinlage.» Waltraud

schwenkte ihr Handy durch die Luft und lachte.
Der ganze Alkohol bekam ihr überhaupt nicht, aber was nützte es? Erpressung hin oder her, Werner wollte auf keinen Fall die Titelseite des nächsten Fußball-Vereinsblattes schmücken, schon gar nicht im Röckchen.

«An der Nordseeküste, am plattdeutschen Strand, sind die Fische im Wasser und selten an Land ...»

Werner konnte mit viel Wohlwollen durchaus den ganzen Text, aber Willi brüllte immer nur den Refrain und der Saal brüllte mit. Vielleicht sollten sie sich als Stimmungsmacher ein paar Euro nebenbei verdienen? Werner dachte kurz über ein weiteres Standbein nach, so interessant erschien ihm das Rentnerleben ja nun auch nicht.
Nach Klaus & Klaus oder besser gesagt Willi & Werner wollten Krauses auf ihre Kabine gehen, aber ihre neuen Freunde überredeten sie zu einem allerletzten Drink, immerhin war es der letzte Abend an Bord und alles inklusive. Waltraud wusste zwar, dass sie morgen früh aufstehen mussten, aber sie wollte nicht unhöflich erscheinen und sie mochte Willi und Anja von Herzen gerne.
«Nur ein Cocktail auf eurem Balkon.» Willi nahm sein Glas. «Wir nehmen uns jeder bloß ein Getränk mit, dann können wir gar nicht versacken.» Er strahlte.
Die Idee war gut, Waltraud entspannte sich. Sie musste nämlich noch dringlichst ihre Koffer packen,

wenn das Schiff schon morgen früh um sieben Uhr in den Hafen von Fort Lauderdale einlief.

Willi und Anja verheimlichten bisher allerdings die drei Whiskey-Flaschen, die sie in Anjas Handtasche versteckt hielten.

«Habt ihr Cola in der Kabine?» Willi schaute fragend in die Runde. Sie saßen gemütlich auf dem Balkon.

«Nein, wieso?» Waltraud konnte nach Cola doch eh nicht einschlafen.

Anja kicherte. «Weil wir Whiskey mithaben.» Sie holte die Flaschen hervor. «Aber das geht auch mal ohne Cola.»

Und ehe Krauses reagieren konnten, waren ihre Gläser mit Whiskey pur gefüllt.

Natürlich ging niemand nach einem Drink ins Bett.

Mitten in der Nacht haute jemand gegen die Wand.

«Was wollen denn die Tuschis von nebenan um die diese Zeit von uns?» Werner überlegte.

Waltraud begann zu gackern. «Die haben sicher andere Namen und ich glaube, wir sind denen einfach zu laut.»

«Ich gehe mal rüber.» Werner nahm sein Glas und stürmte los.

Die anderen drei wollten oder konnten ihn nicht davon abhalten.

Zehn Minuten später kehrte er zurück.

«Die sind komisch, vorhin war *Tuschen* noch ihr Lieblingswort und als ich sie eben damit begrüßt habe, wollte der Mann mir gleich an die Gurgel gehen.»

«*Dushi* ist ein sehr beliebter Begriff auf Curaçao. Er bedeutet *toll, nett, schön und süß*, mein kleiner Tuscher.» Waltraud drückte ihrem Werner grinsend einen Kuss auf den Mund. «Als Begrüßung wird es aber auch mit *Schätzchen* übersetzt.» Sie lachte sich schlapp ..

Anja unterbrach die beiden. «Wir spielen jetzt *Wahrheit der Senioren*, schenkt euch also alle eure Gläser voll! Eine Flasche ist noch zu und es ist erst vier oder so.»

Gegen neun Uhr am nächsten Morgen klopfte Jan mehrmals laut an Krauses Kabinentür. Er wunderte sich, weil Werner und Waltraud nicht beim Frühstück saßen und so langsam sollten alle Passagiere das Schiff verlassen. Er selbst war mit seinem Mann extra früh aufgestanden, um das Einlaufen des Schiffes in den Hafen zu bestaunen. Außerdem hörte er diese vertrauten Schnarchgeräusche aus der Kabine. Ob Krauses verschlafen hatten?

Nach mehrmaligen Klopfen und rufen regte sich etwas, Werner öffnete die Tür. Hinter ihm lagen seine Frau sowie Anja und Willi Million, angezogen und kreuz und quer, in seinem Bett.

«Wie spät ist es?» Werner brauchte einen Moment, um die Zusammenhänge zu erfassen.

«Es ist kurz vor neun und ich dachte, ihr hättet verschlafen.» Jan wollte einen Blick in die Kabine erhaschen, auf jeden Fall roch es ähnlich wie in der

Likörfabrik von Curaçao.
«Scheiße! Wir haben verschlafen. Alle Mann den Hintern hoch!» Werner schmiss ohne ein Wort des Dankes die Kabinentür zu und rüttelte an seinen Freunden. «Wir müssen aufstehen, es ist gleich neun Uhr durch, haaaaalloooooooo!»
Waltraud reagierte zuerst. «Was ist los?» Ihre Schläfen pochten und irgendwas lag auf ihr drauf. Aaah, Anjas Arm. Weshalb schliefen sie zu viert in einem Doppelbett und wieso spürte sie schon wieder diese Übelkeit? Die Koffer waren auch nicht gepackt. Während Werner duschte, versuchte Waltraud ihre Freunde schnell aus der Kabine zu schaffen. Danach schmiss sie alle Sachen, die sie finden konnte, auf das Bett.
Werner kam aus der Dusche.
«Schatz, stopf alles in die Koffer, was auf dem Bett liegt. Ich geh duschen. Wir haben keine Zeit und lass die Chips draußen, ich verhungere.» Mit diesen Worten sprang Waltraud ins Badezimmer.
Werner dagegen packte laut pfeifend ihre Koffer. Ihm tat zwar der Kopf weh, aber seine Frau wusste seine Zaubertasche und sein Proviant endlich zu schätzen und nur darum ging es ihm gerade.

An die letzte Nacht wollte er nicht unbedingt zurückdenken: Bauchtanz, Gesang, Whiskey und Lambada in der Kabine waren noch die nettesten Sachen, an die er sich dunkel erinnerte. Wobei? Immerhin konnte er dank des Whiskeys ab heute die dänische Nationalhymne rülpsen.

Runter vom Schiff, rein ins Getümmel

Beim Verlassen des Schiffes sahen Werner und Waltraud ihre neuen Freunde wieder. Auch Millions blieben bis morgen Abend in Miami und so wollten alle vier die übrige Zeit zusammen verbringen.
Entgegen der Gerüchteküche war es relativ simple das Schiff zu verlassen. Vielleicht lag das an ihrer Verspätung, die meisten Passagiere befanden sich schon in der Stadt oder auf dem Nachhauseweg.

Waltraud spürte unglaubliche Kopfschmerzen, dazu diese erbarmungslose Hitze, sie bekam kaum Luft hier an Land. Was war nur gestern Abend beziehungsweise heute Nacht passiert? Sie hatte zuletzt auf einer Sommerfreizeit für Mädchen im Jahre 1968 mit fast fremden Menschen in einem Bett geschlafen. Jedenfalls hatten alle Kleidung getragen, sonst würden ihre Töchter ihnen die letzte Nacht noch als Orgie auslegen. Sie hoffte inständig, dass Werner die Klappe hielt und nie jemand etwas von ihren Eskapaden erfahren würde. Zu Not besaß sie ja Bilder, die ihn zum Schweigen brachten.
Aus ihrem Koffer hing ein Zipfel weißer Stoff heraus. War das etwa ein Laken? Sie hatten gar keine Sachen, die so aussahen. «Werner, was hast du denn alles eingepackt?» Waltraud flüsterte ihrem Mann

ins Ohr.
«Na, das ganze Bett, wie du es mir gesagt hast.»
«Mit Bettwäsche?» Waltraud wurde nervös. Das war Diebstahl, egal ob Absicht oder nicht.
«Selbstverständlich. Gehörte die uns nicht? Och, du magst doch Bettwäsche, dann brauchst du dieses Jahr keine Neue mehr kaufen. Da haben wir wieder Geld gespart.» Werner sah es pragmatisch. «Bevor du fragst, meinen Campingkocher habe ich abgewischt und auf dem Flur in den Müll geschmissen, so können wir nicht eindeutig identifiziert werden, falls das Schiff morgen explodiert.»
«Werner!» Waltraud wurde ernst. «Die armen Leute. Mit einer Explosion scherzt man nicht und jetzt komm!» Sie zog ihm am Ärmel. «Da hinten stehen Willi und Anja und warten auf uns.»

Elsa und Christian-Thomas hatten das Schiff schon früh verlassen. Sie flogen am Mittag weiter nach New York und in drei Tagen nach Hause zurück. Elsa hatte sich von ihrem persönlichen Schicksal erholt und sah recht positiv in die Zukunft. Sie würden auf jeden Fall wieder nach Curaçao reisen, da war sie sich sicher. Ihrem Freund gefiel dieser Urlaub ebenfalls gut, auch wenn er bisher höchstens fünf Sätze Niederländisch gelernt hatte.

Jan und Lukas fuhren unterdessen in die Everglades. Sie wollten heute am Valentinstag einen Bootsausflug machen und in der Wildnis schlafen. Ein kleines Abenteuer zum Schluss würde diese Reise perfekt abrunden. Natürlich wurde dieser Trip von einem Reiseveranstalter organisiert. Jan würde nie wild und ohne Erlaubnis in der Natur schlafen, wenn es an jeder Ecke vor Alligatoren oder anderen Tieren wimmelte. Nur für seinem Mann verbrachte er diesen Kommerz-Liebestag mit Skorpionen, Spinnen und zirpender Einschlafuntermalung.

«Also irgendwie gibt es hier Mücken», Werner kratzte sich am Unterarm. Die vier neuen Freunde hatten gerade im Bus Platz genommen. Jetzt ging es in die Innenstadt von Miami. Dort verbrachten sie ihre letzte amerikanische Nacht, um morgen Abend zurück nach Hause zu fliegen.
«Wollen wir morgen noch einen Ausflug machen?» Anja ergriff das Wort. «Ich würde gerne einmal bei den wilden Tieren Propellerboot fahren. Diese tropischen Wälder müssen hier in der Nähe sein, das habe ich gelesen.»
«Schaffen wir das überhaupt?» Willi dachte nach. Ein Mietwagen lohnte sich nicht und diese Tümpel sollten eine Stunde Fahrt von Miami entfernt liegen.
«Sie können bei mir eine geführte Tour buchen.» Der Reiseleiter mischte sich ein. «Dann werden sie morgen früh um neun Uhr am Hotel abgeholt und gegen zwei Uhr am Nachmittag zurückgebracht, da schaffen sie ihren Flug doch locker.»
Werner nickte. «Na klar, so jung kommen wir nie wieder zusammen. Wir buchen!»
Waltraud musste schmunzeln. Normalerweise fragte ihr Gatte stets zuerst nach dem Preis, aber vielleicht

hatte ihre Beichte seinen Sichtwinkel für die letzten Urlaubstage verändert. Sie zahlte den Ausflug und freute sich auf die nächsten Tage, auch wenn ihr Spinnen und Schlangen nicht geheuer waren.

«Zum Ausgleich machen wir aber gleich eine Stadtrundfahrt und einen Einkaufsbummel. Sonst haben wir von Miami am Ende gar nichts gesehen und eingekauft haben wir leider auch noch kein einziges Mitbringsel.» Waltraud wollte unbedingt shoppen gehen.

«Doch!» Werner griff in seinen Rucksack. «Ich habe dir auf dem Schiff ein Geschenk besorgt, als Andenken sozusagen.» Praktisch wie man die Tatsachen verdrehen konnte, wenn man irgendwelchen Krempel für seine Liebste dabeihatte.

«Oh ein Shampoo.» Waltraud packte den Karton aus. «Das Gleiche habe ich mir von meinem Bingo-Gutschein auch gekauft. Egal, doppelt hält besser. Bitte tu mir einen Gefallen und wasch damit zu Hause nicht die Pfannen ab.» Sie schmunzelte.

Willi & Anja verstanden diesen Scherz zwar nicht, aber sie lachten trotzdem mit. Sie mochten an ihren neuen Freunden besonders, wie lustig und spontan diese immer agierten.

Im Hotel sah es ganz passabel aus. Ein bisschen laut und staubig wirkte es hier überall, sie waren eben in einer Großstadt gelandet. Hauptsache die Klimaanlage funktionierte, mehr wollte Werner ja gar nicht.

Nach einer kurzen Pause traf sich das Quartett im Foyer wieder, eine Stadtrundfahrt mit Einkaufsbummel sollte es heute unbedingt noch sein.

Die Männer gingen nur widerwillig mit. Draußen war es viel zu heiß, es fehlte eindeutig die kühle Brise des Ozeans.
Sie fragten sich mit Händen, Füßen und Willis Ostdeutsch-Englisch bis zu einem großen Bus durch. Dieser sollte durch Miami fahren und es wurden sogar Kopfhörer mit deutscher Sprache angeboten.
Werner & Waltraud waren kurzzeitig begeistert, doch dann wurden sie darüber aufgeklärt, dass es diese Art von Bussen und Stadtrundfahrten auch in jeder deutschen Großstadt gab. Ein weiterer Grund, häufiger zu verreisen.
Auf dem Weg durch die Stadt verbrannte sich Werner erneut die Füße, weil er in Sandalen und ohne Schutz oben im offenen Bus saß. Waltraud hatte ihm zwar Sonnenmilch angeboten, aber er war zu faul, um sich einzucremen. Hoffentlich musste er morgen nicht wieder mit seinen neuen lilafarbenen Badelatschen herumlaufen.
Der Bus fuhr am Port of Miami vorbei, einem riesigen Hafen, an dem gefühlte 30 Schiffe auf einmal vor Anker lagen. Die von Hochhäusern gesäumte Skyline sah beeindruckend aus, dicht an dicht drängten sich hier Bürokomplexe und andere Wolkenkratzer aneinander.
Danach ging es Richtung Norden weiter.
«Ich dachte immer, *Hollywood* wäre ganz woanders.» Willi nahm seine Kopfhörer ab. «Die haben bei mir gerade erzählt, dass wir durch Hollywood gefahren sind. Wir scheinen auch schon recht lange unterwegs zu sein.» Er sah auf seine neue Uhr.

«So heißt der Stadtteil hier, ich glaube, das ist Zufall.» Waltraud hatte jedenfalls keine Sterne entdecken können.

«Bist du sicher?» Anja quietschte aufgeregt. «Nachher wohnen dort die ganzen Stars und wir haben keine Ahnung. Wollen wir nicht noch einmal zurückgehen?»

Die anderen drei sahen nicht sonderlich begeistert aus. Sie waren sich einig, dass es sich um das falsche Hollywood handelte, auch wenn keiner von ihnen geografische Amerika-Kenntnisse besaß.

«Nun kommt doch!» Anja ging schnellen Schrittes voran.

Werner brannten die Füße. Es waren knappe 30 Grad und er hatte Durst. Vor einem großen Supermarkt blieb er stehen. «Ich gehe da jetzt rein und kaufe mir etwas zu trinken. Macht was ihr wollt, ich bin gleich wieder da.»

«Halt warte! Wir kommen alle mit und kaufen Souvenirs ein.» Waltraud freute sich seit Beginn der Reise auf das große Angebot in den amerikanischen Supermärkten. «Wir nehmen uns mit den Tüten ein Taxi zurück, falls wir den Bus nicht wiederfinden.»

Werner und Willi waren diese Frauensachen egal, sie steuerten als Erstes die Getränke an. Harten Alkohol gab es hier nicht, aber sie wollten sowieso lieber Bier oder Wasser trinken.

Wollte seine Frau eine Cola? Wo steckte die überhaupt? Suchend lief Werner durch den riesigen Laden.

«Die steht da hinten in der Umkleide und probiert

eine Bluse an.» Anja zeigte Werner die Richtung.
Dieser ging schnurstracks zu seiner Waltraud. Jedenfalls dachte er, dass in der Kabine seine Frau stehen würde. Mit viel Schmackes zog er den Vorhang zur Seite und ...
... stand einer einheimischen Dame im BH gegenüber. Diese schimpfte ihn auf Spanisch aus und haute ihm mit viel Wucht auf die Finger.
«Das war doch keine Absicht.» Werner hatte in seinem Leben schon Schlimmeres gesehen. Was zeterte die Dame denn so? Die Menschen hier schienen selbst ihm als Dörfler zu prüde zu sein. «Komm Willi, wir bezahlen. Waltraud ist momentan unauffindbar, Frauen eben! Sobald sie in ein fremdes Geschäft kommen, sind sie nicht mehr zurechnungsfähig.»
An der Kasse fiel Werner seine fehlende Geldbörse auf.
«Hilfe, Hilfeeee, mein Portemonnaie wurde geklaut.» Werner war außer sich. Die herumstehenden Menschen guckten ihn komisch an, wahrscheinlich verstand hier niemand, was er wollte.
«Waaaaltraaaauuud! Wo bist du?» Er schrie den ganzen Markt zusammen. «Wir wurden bestohlen!»
So schnell es ging, lief Waltraud zu ihrem Mann, wenn dieser solch einen Alarm machte, musste wieder etwas Schlimmes passiert sein. Fragte sich nur für wen?
«Mein Portemonnaie ist weg.» Werner schaute bedröppelt zu Boden.
«Ach du Scheiße!» Waltraud begann zu überlegen.

«Bist du dir sicher? Guck noch mal in deine Hosentaschen!» Sie selbst durchsuchte ihre Handtasche. «Ich rufe sofort die Bank an und sperre unsere Karten. Es gibt dafür diese allgemeine Nummer, 116 116. Wir bekommen das wieder hin, du hattest doch nur 50 Dollar in bar dabei.»
Trotzdem, Werner war beleidigt, was konnte er denn dafür, dass seine Frau immer das ganze Bargeld verwaltete und er manche Wochen mit zehn Euro im Portemonnaie auskam. Das schaffte seine Frau nicht mal zehn Minuten lang.
Waltraud hatte in Rekordzeit alle Karten gesperrt, diese Hotline war nicht schlecht.
Doch plötzlich – Nein, ihr fiel es wie Schuppen von den Augen. Das konnte nicht sein. Mist! Nun hatte sie in der Eile wirklich alle ihre Karten gesperrt, auch die, die in ihrer und nicht in Werners Geldbörse steckten. Um Gottes willen, wie sollten sie bloß jetzt den Rest des Urlaubs bezahlen? Sie musste sich setzen. Mit ihrer Gesundheit stand es nach zwei Tagen Whiskey und 30 Grad Außentemperatur nicht unbedingt zum Besten.
«Wir haben noch 200 Dollar. Die reichen gerade mal für den Einkauf, da können wir uns die Everglades oder das Essengehen heute Abend abschminken.»
Sie seufzte, ihren Wagen hatte sie bis oben hin mit amerikanischen Süßigkeiten und diversen Accessoires gefüllt und dann diese singenden Schneemänner, die waren nach der Weihnachtszeit sogar reduziert, da musste sie einfach zuschlagen.
Willi und Anja schalteten sich ein.

«Wir halten euch gerne aus, wir sind doch Millionäre.» Sie lachten. «Ihr könnt uns das Geld in Deutschland zurücküberweisen.»
Waltraud fiel ein Stern vom Herzen. Sie wusste aus Erfahrung, dass es mehrere Stunden oder Tage dauern würde bis ihre Hausbank ihre Karten wieder frei schaltete und noch wusste sie auch gar nicht, welche genau fehlten. Das würde sie nachher im Hotel prüfen. Vielleicht ging für eine ehemalige Mitarbeiterin beim Thema Kartenentsperrung etwas auf dem kurzen Dienstweg.
Nachdem die Einkäufe bezahlt waren, saßen alle vier auf einer Bank und tranken eine kühle Cola. Auf den Schock sollte es dann doch kein Bier mehr sein, immerhin war das Konsumieren von Alkohol in der Öffentlichkeit in Amerika verboten und noch mehr Aufsehen als im Supermarkt wollte keiner der vier riskieren.
«Die Reisepässe liegen aber im Safe, oder?» Waltraud schaute ihren Mann an, wenigstens ausreisen wollte sie morgen Abend.
«Ooooh», Werner ging ein Licht auf. «Ääähm, apropos Safe, ich glaube, da liegt auch mein Portemonnaie drin. Den habe ich vorhin ausprobiert, das ist so ein ganz dolles modernes Ding.»
«Werner Krause, das meinst du jetzt nicht wirklich ernst, oder? Wo ist hier die nächste Bratpfanne? Ich ziehe dir sofort welche über!» Waltraud wollte gerade zu einer Schimpf-Parole ansetzen, da fiel Anja lachend von der Bank, sie konnte sich nicht mehr halten. Da sperrten Krauses all ihre Karten, standen

mittellos in Miami und dabei lag Werners Geldbörse bombensicher in seinem Hotelsafe.

«Ich winke mal ein Taxi her.» Werner war das Ganze so peinlich, dass er sich dieser Situation unbedingt entziehen musste. Mit diesem Stadtbus wollte er auf keinen Fall zurück fahren. Und es konnte zum Hotel eigentlich nicht weit sein.

Die Taxifahrt dauerte am Ende fast 40 Minuten und kostete eine ordentliche Stange Geld. Waltraud überschlug bereits vorsorglich im Kopf, welche Summen sie Willi & Anja nach dieser Reise schulden würden. Schließlich wollten sie heute Abend noch ausgehen und Boot fahren und das verlief unter Garantie nicht alkoholfrei, geschweige denn günstig.

Herzchenhausen

Gegen Abend ging es für Krauses und ihre Millionäre als Erstes auf eine kleine Bootstour, sie wollten sich die riesige amerikanische Metropole vom Wasser aus ansehen.
«Boot fahren? Darauf habe ich so gar keine Lust. Ich kenne die Stadt schon von vorhin aus dem Bus.» Werner guckte demonstrativ zur Seite.
«Wie bitte?» Waltraud wollte ihm noch eine letzte Chance geben.
«Waltraud du musst zum Ohrenarzt, ich sagte ...»
«Stopp!» Sie unterbrach ihren Gatten sofort. «*Wie bitte?* bedeutet nicht, dass ich dich nicht verstehe, *wie bitte?* heißt viel mehr, dass ich dir eine letzte Chance gebe deine Worte zu überdenken!»
«Hä?» Werner dachte nach, immer diese schlauen Frauen-Sprüche. Er hielt lieber den Mund, dann musste er eben auf einem kleinen Dampfer mitfahren und Hochhäuser aus der Ferne begucken, als wenn man das in Kiel oder Hamburg nicht auch könnte.
Anja und Willi hatten Schwierigkeiten, ernst zu bleiben. Sie wussten bei ihren neuen Freunden noch nicht so genau, wann etwas Spaß sein sollte und wann nicht und sie wollten natürlich nett und diplomatisch reagieren.
Das Ausflugschiff fuhr eine kleine Runde übers Wasser. Es war fast dunkel und das Boot überfüllt

mit verliebten Menschen, die sich anhimmelten oder küssten. Sollte das hier eine Hochzeitsfahrt werden oder was? Werner traute sich nicht zu fragen, vielleicht gab es in dieser Stadt ja Mottofahrten oder solche Sachen. Auf jeden Fall boten die Lichter der Häuser und Gebäude eine wunderschöne Aussicht, das jedenfalls musste er zugeben.

«MANN ÜBER BORD,

MANN ÜBER BORD!»

Werner lachte! «War nur ein Scherz.» Er hob prustend die Hände.
«Kein besonders Witziger.» Waltraud wunderte sich manchmal enorm über den Zynismus ihres Gatten.
Dieser langweilte sich. Hier gab es kein Bier und ihm taten seine Füße weh. Es sollte extra Sonnenschutz für Füße erfunden werden, diese ganz normale weiße Pampe half überhaupt nicht und öfter als einmal pro Tag wollte er sich auch nicht eincremen. Er mochte dieses klebrige Zeug noch nie. Von der verbrannten Stelle hinter beziehungsweise neben seinen Ohren wollte er gar nicht erst anfangen. Er liebte die Sonne, aber wieso musste sie jeden Millimeter seines Körpers besser kennen als er selbst? Außerdem taten alle Menschen heute so verliebt und gut gelaunt und dann diese Dekoration, das ganze Schiff war mit Herzchenaufklebern und roten Lichterketten geschmückt, das wirkte ja fast wie im Puff. Nein, Werner fuhr lieber über den Plöner See oder

enterte die Schlei rund um Kappeln. Dabei fiel ihm ein, er musste seine neuen Freunde im Sommer unbedingt auf einen Ausflug entführen. Was war denn schon die Karibik, wenn man über die Schlei fahren durfte? Die beiden würden begeistert sein!
Beim Verlassen des Bootes trat Werner aus Versehen mit einem Bein ins Wasser, konnte sich aber dank seiner sportlichen Ader gerade noch retten. Besonders elegant sah diese Aktion wahrscheinlich nicht aus, dafür bekam er in dieser Hitze endlich eine Abkühlung.
«Werner über Bord – Werner über Bord» Willi hielt sich lachend den Bauch.
«Du bist ganz nass an den Füßen.» Waltraud bemühte sich, ihren tropfenden Ehemann ernst zu nehmen.
«Das ist gut gegen Sonnenbrand. Die Haut muss gekühlt werden, ich habe meinen Fuß daher extra ins Wasser gehalten!» Verarschen konnte sich Werner auch alleine.
«Kommt, wir setzen uns auf die Bank und schauen in die Ferne.» Anja versuchte zu vermitteln.
«Ich habe Hunger. Miami ist eine Großstadt, also suchen wir uns endlich ein Lokal.» Werner hatte keine Lust sich Wasser anzugucken, das konnte er doch täglich zu Hause machen.
Gleich in der Nähe fanden sie ein modernes Restaurant, Werner stand vorm Fenster und schaute hinein. Wieder saßen überall Pärchen und starrten sich an. In der Mitte der Tische lagen Herzen und Blumen, alles wirkte extrem romantisch und vertüdelt.

Handelte es sich hierbei um ein spezielles Liebesrestaurant mit Zimmern im Hinterhof? Die Amerikaner waren eben anders. Wer Zeitung las und Tagesthemen schaute, wusste nicht erst seit der letzten Präsidentenwahl, wie merkwürdig die Menschen hier sein konnten.

Eine Straßenecke weiter kam das nächste Lokal. Leider schienen auch dort alle Tische belegt zu sein. Komisch, es war Mitten in der Woche. Heute war Dienstag, der 14. Februar, hatten die Einwohner alle frei oder handelte es sich um einen Feiertag?
Als zusätzlich beim dritten und vierten Restaurant alle Tische ausgebucht waren, stellten sich die vier Freunde an eine Art Imbiss und aßen Pommes. In der Auslage lagen sonst nur Spareribs und anderes undefinierbares Zeug. Werner hasste Pommes, aber er verhungerte gleich. Er wusste ja schon seit dem amerikanischen Buffet, wie ekelhaft solche Honiggerippe mit würziger Soße schmeckten. Vielleicht konnte er Waltraud zu Hause davon überzeugen, zeitnah Rübenmus zu kochen, denn niemand auf dieser Welt bereitete dieses Festmahl so schmackhaft zu wie seine Frau.
Da selbst beim durchaus netten Imbissbetreiber ein leuchtendes Herz in der Ablage blinkte, fragte Willi nach den Gründen dieser rosanen Liebesnacht.
VALENTINSTAG!
Die Amerikaner verbrachten den Tag der Liebenden noch kitschiger und spezieller als die Deutschen. Es war doch irgendwie suspekt, sich für die Liebe ein

Datum vorschreiben zu lassen. Am besten plante man eine Aktivität, die an allen anderen Tagen im Jahr nur die Hälfte kostete. Reiner Kommerz, den die Blumenläden, Geschenkeplattformen und Restaurants an diesem Tag betrieben, jedenfalls sah die Generation rund um Werner und Willi das so. Die Jugend stand wohl auf solchen Tüdelkram, wie man hier wieder deutlich erkennen konnte.

Immerhin befand sich ein paar Meter weiter eine Bar mit freien Plätzen, von außen unscheinbar und ohne Küche, aber es gab Getränke und das fanden bei diesen Temperaturen alle wichtiger als ein Menü. Es brachte nämlich niemanden weiter, wenn die schlaue Frau Vicky Pedia schrieb, dass in Miami im Februar durchschnittlich 26 Grad herrschten. Heute waren es bereits 30 gewesen und das sollte morgen nicht anders werden.

In der Bar liefen zwar laufend Liebeslieder, dafür gab es leckere bunte Cocktails und Nüsse auf den Tischen. Waltraud wunderte sich, weil ihr Gatte schon die dritte Schale leer aß. Normalerweise waren ihm öffentlichen Schälchen viel zu unhygienisch. Wahrscheinlich hatte er noch immer großen Hunger. Sie vertiefte sich mit Anja in ein Gespräch über Kosmetik und bekam für ein paar Stunden nicht mehr viel mit.

Die Uhrzeiger bewegten sich auf Mitternacht zu, als die vier den Heimweg antraten. So weit konnte es zum Hotel nicht sein, sie entschieden sich für einen Ausnüchterungsfußmarsch durch die Stadt. Die

Cocktails hatten sich in Grenzen gehalten, jedenfalls bei Waltraud. Werner erzählte allerdings einer Laterne, wie schön schlank die Farbe grau sie machte, daher war sie sich bei ihrem Mann nicht ganz so sicher, wie viele Cocktails dieser vernichtet hatte.

Am meisten störte sie jedoch, dass Werner seine 50 Dollar partout nicht teilen wollte. Es wäre ein erster Schritt gewesen, um die Schulden bei ihren Freunden zu bezahlen. Es ging ihr lediglich darum, guten Willen zu zeigen.

Plötzlich lief Werner weg. Waltraud stöhnte. Was war denn jetzt wieder? Manchmal nervte ihr Mann tierisch. Anja und Willi schauten sich um. Willi hatte leichte Schlagseite, die beiden Männer mussten also doch einen gezwitschert haben. Die Frauen schienen durch ihre vielen Gespräche vielleicht zu abgelenkt gewesen zu sein, Waltraud überlegte.

«Da hinten steht er.» Anja sah Werner als Erste. «Oh in einer Pfütze oder ist das etwa …?»

«Werner!» Waltraud war außer sich. «Du pinkelst jetzt nicht wirklich in Amerika an eine Häuserecke, oder? Darauf steht hier bestimmt die Todesstrafe. Komm da weg! Wir sind gleich im Hotel. Wieso bist du nicht eben in der Bar auf die Toilette gegangen?»

«Ja, ja …» Werner seufzte erleichtert. Wenn Frauen wüssten, wie sehr so eine Männerblase nach dem Verzehr von alkoholischen Getränken drückte, nie nie wieder würden sie mit ihren Männern schimpfen. Aber hatte seine Frau nicht gerade noch grau getragen? Irgendwo musste sie sich spontan umgezogen haben. Er wunderte sich.

«Außerdem ist deine Hose auf!» Waltraud schämte sich.

«Ach, ein gutes Geschäft hat immer offen.» Mit diesen Worten schloss Werner seinen Reisverschluss und alle vier setzten ihren Weg fort.

«Runter, die Panzer kommen, bringt euch in Sicherheit.» Willi und Werner rannten in einen Häusereingang und schmissen sich auf die Erde. «Hört ihr das denn nicht?» Wie aus dem Nichts krachte und blitze es um sie herum, als würde die Welt zusammenbrechen.

Anja und Waltraud schauten neugierig nach oben. Ooh, ein Feuerwerk und wie schön es funkelte, überall sah man Raketen und leuchtende Bilder am Nachthimmel.

Wie schreckhaft betrunkene Männer doch sein konnten oder war das dem Alter geschuldet? Nein, Willi zählte ein paar Jahre weniger als Werner, das konnte es also nicht sein.

«Nun kommt!» Waltraud winkte die Männer zu sich. «Die haben wahrscheinlich zum Ausklang des Valentinstages ein Feuerwerk gezündet. Stellt euch nicht so an!»

Frauen ..., sie reagierten viel zu arglos. Werner wusste noch genau, wie seine Waltraud einen 2000 Euro teuren Dampfdruckreiniger an der Haustür gekauft hatte, weil sie so lieb und gutgläubig aussah. Er selbst zuckte lieber einmal zu viel als zu wenig. Die Welt war schlecht, das konnte man doch täglich in den Nachrichten sehen! Über Ehre verfügte heutzutage niemand mehr und das wusste er nicht erst seit dieser Kreuzfahrt.

Irgendwie hatten sie den Weg vom Hafen zum Hotel mal wieder falsch eingeschätzt oder sich schlichtweg verlaufen.
Keiner wollte mehr weiter wandern. Sie setzten sich ins nächste Taxi und fuhren los. Morgen früh durften sie auf keinen Fall verschlafen, schließlich wurden sie gegen neun Uhr zu ihrer Evergladestour abgeholt. Die Koffer warteten gepackt im Hotel und mussten am Nachmittag eingesammelt werden. Da der Flug aber erst um acht Uhr abends abhob, machte sich niemand Sorgen.
Werners Portemonnaie lag natürlich unangetastet im Safe.
Kein Mensch konnte wissen, wofür seine 50 Dollar morgen noch gut waren.

In den Everglades und auf dem Weg zurück

Jan und Lukas hatten gestern eine phänomenale Alligator-Show gesehen und wurden heute in einem Boot durch die verschiedensten Areale der Everglades gefahren. Die Nacht verbrachten sie zeltend in Schlafsäcken in einem Camp, was eigens für Abenteuerurlauber gebaut wurde.
Als es stockduster war, hörte man so viele Tiere, dass sie sich fast in ein sicheres Hotel zurückgewünscht hätten, aber eben nur fast. In den Everglades lebten auf über 6.000 Quadratkilometern neben Alligatoren auch Spinnen, Schlangen Skorpione, Schildkröten und viele verschiedene Vogelarten.

Pünktlich am Morgen wurden Millions und Krauses am Hotel abgeholt. Es war brütend heiß und Werner brannten die Füße. Er musste seine Turnschuhe tragen, ob es ihm gefiel oder nicht, aber mit Badelatschen konnte man wohl kaum gegen Krokodile kämpfen.
Niemand hatte verschlafen oder einen Kater, jedenfalls keinen Schlimmen, alle vier hatten sogar noch gefrühstückt. Es konnte also nur ein guter Tag werden.

Als der Bus sich langsam gen Süden bewegte, stellte

sich die adrette Reiseleiterin als *Dorit* vor. Sie erzählte, wie sie vor 30 Jahren von Deutschland nach Florida ausgewandert war. Wie praktisch, Werner roch Informationen. Endlich konnte hier mal jemand Deutsch und nicht bloß Spanisch oder Englisch.

«Sind die Evergreens gefährlich?» Er versuchte arglos zu gucken, als er Dorit diese Frage stellte.

Diese war irritiert. Die Evergreens? Sollten das grüne Pflanzen sein oder ging es um ein Lied? Kannte sie diese Menschen? Nein, das hätte sie sich definitiv gemerkt. Sie probierte es diplomatisch und überging diesen Fehler still und einfach.

«Die Everglades sind lediglich gefährlich, wenn man sich nicht an die Regeln hält, natürlich sollte man Verbotsschilder beachten und keine Tiere anfassen. Es werden täglich Tausende von Gästen durch die Everglades geführt und es ist bisher erst sehr selten etwas passiert.»

«Oh, was heißt denn selten?» Waltraud bekam es mit der Angst zu tun. Alligatoren und Schlangen waren nicht gerade ihre Lieblingstiere.

«Einmal, vor vielen Jahren, ist ein Boot gekentert, aber die Besucher wurden gleich gerettet und niemand wurde von Tieren angegriffen.» Dorit wollte diese Themen lieber beenden, sie schienen nicht gut für Touristen zu sein. Ein Risiko gab es immer im Leben, selbst wenn man die Augsburger Puppenkiste besuchte oder über die Straße ging. Auch da konnten Ziegel vom Dach fallen oder Autos einen überfahren.

Nach circa 45 Minuten schauten alle Reisenden begeistert aus den Fenstern des Busses. Vorbei war es mit dem Großstadtflair, hier gab es überall Natur pur, so langsam konnte man erste Sümpfe und Tiere erahnen.

Die gebuchte Bootstour verlief äußerst spannend. Mehrere Spinnen und seltene Vögel konnte man auf Anhieb erkennen, aber auch ein Alligator, der in der Sonne lag, war von ihrem Propellerboot aus zu sehen.

Werner hätte unheimlich gerne eine Schlange getroffen, leider lies sich bisher noch keine blicken. Zu Hause im Garten hatte er vor Jahren eine Kreuzotter entdeckt, aber als er mit der Sofortbildkamera bereitstand, war seine neue Freundin längst verschwunden.

Im Supermarkt hatten sich Millions gestern extra ein einheimisches Mittel gegen Moskitos gekauft. Sie wussten aus dem Internet, dass die ausländischen Mückenarten sich nichts aus deutschen Produkten machten, also hatten sie vor Ort zugeschlagen.

Waltraud bemerkte ein leichtes Unwohlsein. Sie saß in einem wackelnden Boot, über ihr die pralle Sonne und neben ihr Werner, der Mückenschutz und Sonnencreme trotzig ablehnte. Für solchen Frauenkram fühlte er sich umgeben von wilden Tieren viel zu männlich. Er nahm es seiner Frau krumm, wie sie ihn auf Bonaire wegen seines Hinweises auf Killermücken ausgelacht hatte. Sie persönlich stank furchtbar nach dem Moskitospray, dafür wurde sie nicht gestochen und spannend war es in diesem

Sumpfgebiet alle mal, auch wenn ihr die Alligatoren am Ufer ziemlichen Respekt abverlangten.

«Schatz, du bist ganz rot.» Sie konnte ihren Mann doch nicht in sein Unheil laufen lassen.

«Wäre dir blau lieber?» Werner blieb stur. «Ich habe weder Angst vor Mücken noch vor einer eleganten Urlaubsbräune im Februar.» Damit war für ihn das Thema Eincremen erledigt.

«Achtung ein Krokodil, wir werden angegriffen!» Werner sprang auf. Das Wasser hatte sich gerade bewegt.

Eine fremde Frau kreischte.

Waltraud schaute kurz aufs Wasser. Eine andere Reaktion konnten die spontanen Beobachtungen ihres Gatten nach 40 Jahren und diesem Urlaub nicht mehr in ihr auslösen.

Natürlich war weit und breit kein Tier in Sicht.

Nach einer sechzigminütigen Bootsfahrt und einigen Vorträgen unter freiem Himmel, fuhr ihre Gruppe leider schon wieder Richtung Miami zurück.

Am Bus trafen die vier Freunde auf Jan und Lukas, die hier sogar übernachtet hatten und heute Abend ebenfalls nach Frankfurt zurückfliegen wollten.

Werners Respekt wuchs. Bisher hielt er diese Spezies von Männern eher für leicht weiblich, aber mit dieser Campingaktion in der Wildnis stiegen die beiden bei ihm zu echten Kerlen auf. Eigentlich waren die zwei nett und umgänglich, wenn man mal von der Kabinenaktion und dem *dick* am Strand absah. Wobei, Werner kratzte sich am Kinn, den Besuch von Jan bei seiner Waltraud, den musste er auf jeden Fall noch auflösen.

Der Bus fuhr gegen halb Eins am Mittag aus den Everglades ab. Die sehenswerte Reiseleiterin Dorit erzählte den müden Passagieren ein paar allgemeine und geografische Informationen zum schönen Florida und seiner Hauptstadt Tallahassee. Immerhin lebten in ihrem Sonnenschein-Staat knapp 20 Millionen Menschen.

Plötzlich stockte der Bus. Es ruckelte. Shit! Eine Panne und das mitten in der Walachei. Dorit stieg aus. Die Klimaanlage war durch diesen Schaden wahrscheinlich ausgefallen, denn es wurde in Sekundenschnelle unerträglich heiß. Die Reisenden verließen ebenfalls den Bus. Leider schien draußen weder ein schattiges Plätzchen noch ein Windzug in Sicht.

«Die bestellen uns jetzt einen Ersatzbus und dann sind wir ruckzuck im Hotel.» Werner machte den anderen Mut, tief im Inneren hatte er allerdings die Nase voll. Seine Füße wirkten rot und dick angeschwollen und sein Gesicht schmerzte. Außerdem zählte er 18 Moskitostiche an seinen Armen und Beinen, die ihn nicht unbedingt glücklicher machten, aber jammern half ihm jetzt auch nicht weiter, einen Mann wie Werner konnte nichts aus der Bahn werfen, das würde er seiner Gattin schon noch beweisen. Nach der Portemonnaie-Aktion von gestern war er nur froh, dass die jetzige Buspanne auf keinen Fall seine Schuld sein konnte.

«Ich werde sehen, was sich machen lässt.» Dorit

nahm ihr Handy ans Ohr und entfernte sich ein paar Schritte vom Bus.

«Alle mal herhören.» Sie winkte die Gruppe einige Minuten später zu sich heran, «in ungefähr einer halben Stunde kommt ein neuer Bus und holt uns alle ab. Leider sind die gleich folgenden Busse voll, deswegen müssen wir auf einen ganz Neuen aus Miami warten.»

Das ging gerade noch und immerhin hatte Waltraud Getränke eingepackt, Werner nahm es gelassen.

Aus der halben Stunde wurde zwar eine ganze Stunde, aber dann kam ihnen ein fahrender und klimatisierter Bus zu Hilfe. Mittlerweile war es schon nach 14 Uhr und die ersten Reisenden wurden unruhig oder bekamen Hunger.

«Wir sind spätestens gegen 15 Uhr wieder in der Stadt.» Dorit versuchte Zuversicht zu verbreiten. «Normalerweise dauerte der Weg insgesamt nur eine Stunde.»

«Bekommen wir jetzt Geld zurück?» Werner konnte ja mal fragen.

«Nein, das ist höhere Gewalt, mein Herr.» Dorit zuckte die Achseln. Die Touristen wurden aber auch von Tag zu Tag dreister.

«Sie sind doch Deutsche, dann wissen sie sicher, was Kulanz bedeutet.» So schnell gab Werner sein Geld niemals auf!

«Was bitte haben sie an NEIN nicht verstanden?» Dorit platzte hier gleich der Kragen.

Ungefähr zehn Meilen vor Miami ging gar nichts

mehr, ein LKW mit Anhänger lag quer auf der Straße und Hilfe war noch nicht in Sicht. Der Bus musste am Ende einer wartenden Autoschlange stoppen.
«Was machen wir jetzt?» Dorit wusste sich keinen Rat mehr.
«Wir müssen umkehren und einen Umweg fahren.» Willi mischte sich spontan ein.
«Das bringt nichts!» Jan kannte das allgemeine Verhalten der Menschen in Staus, die nahmen alle dieselbe Umleitung und produzierten so noch viel mehr Verkehrschaos.
«Warten können wir nicht, wir müssen gegen 17 Uhr am Flughafen sein und unser Gepäck steht noch im Hotel.» Jetzt wurde es Werner zu viel.
«Bitte bleiben sie ruhig!» Dorit bemühte sich, die erhitzten Gemüter zu besänftigen. «Es ist erst kurz nach drei, es geht bestimmt gleich weiter.»
Bis Polizei und Feuerwehr anrückten, verging eine gefühlte Ewigkeit. Zum Glück war niemandem etwas passiert, aber es kam trotzdem nicht mal ein normales Auto an dem liegenden LKW vorbei. Die Brummis hier sahen nicht annähernd so klein und niedlich aus wie die deutschen Exemplare.
Gegen 16 Uhr fing die Polizei an, den Verkehr umzuleiten.
«Ich wusste es.» Willi lief rot an. «Jetzt haben wir eine Stunde verschwendet.» Langsam wurde es knapp, ihr Hotel lag ein paar Ecken vom Flughafen entfernt und ausgerechnet um diese Uhrzeit waren die Straßen über und über voll.
Anja fing sich zuerst. «Ich habe eine Idee. Wir rufen

im Hotel an und sagen, welche Koffer sie zum Flughafen bringen sollen. Die bieten doch einen kostenlosen Shuttle an. Wir können ja den Mitarbeiter extra bezahlen, wenn er auf uns warten muss. Auf jeden Fall könnte es knapp werden, wenn wir noch ins Hotel zurückmüssen. Unsere Einreise hat derart lange gedauert, da bestreite ich, dass die Amis uns nach Hause lassen, wenn wir erst eine Stunde vor Abflug oder später am Terminal auftauchen.»

Jan und Lukas hatten glücklicherweise ihr ganzes Gepäck im Kofferraum, verstanden aber natürlich die Aufregung der Anderen und übernahmen gerne den Anruf im Hotel. Willi befürchtete, dass die Koffer im Container landeten und nicht am Flughafen von Miami, wenn er selbst dieses Gespräch führen würde. Jan redete sich den Mund fusselig, aber letztendlich sollten die Koffer mit einem jungen Mitarbeiter am Lufthansa-Schalter warten. Ob dem dann am Ende auch so war, stand in den Sternen, aber sie mussten jetzt alle das Beste hoffen.

Mittlerweile hielt der Bus im Stau auf der Umleitungsstrecke. Es wurde 17 Uhr und es wurde 18 Uhr. Der Flughafen befand sich noch ein paar Meilen entfernt. Gefühlt waren sie seit dem LKW Unfall höchstens 300 Meter weit gefahren.
Gegen 18:45 Ortszeit bremste der Bus vor dem riesigen Flughafen in Miami.

Waltraud war durchgeschwitzt, müde und einem

Nervenzusammenbruch nahe. Wenn der Flug ohne sie ging, mussten sie umbuchen und das alles ohne Geld und Kreditkarten. Sie blieb positiv, es musste einfach klappen, ansonsten würde sie übermorgen in eine Seniorenresidenz ziehen und nie nie wieder verreisen wollen.

Werner rannte durch die Halle. Er wusste es seit Jahren, sein tägliches Joggen würde sich irgendwann auszahlen. Seinen dicken verbrannten Füßen schenkte er zur Abwechslung keine Beachtung.

Wie auch immer es möglich war, aber ihr Flug startete erst später. Werner stand vor der gigantischen Anzeigetafel und las drei Mal nach. Eine Stunde Verspätung. Das war ihre Rettung, die Gruppe fiel sich überglücklich in die Arme.

«Wir müssen uns trotzdem beeilen.» Werner trieb die anderen an. «Kommt, wir müssen unsere Koffer suchen und einchecken!» Er lief voran, weil er wusste, dass gerade seine Frau nicht über die beste Kondition verfügte.

Am Lufthansaschalter stand tatsächlich ein junger Mann mit ihren Koffern und es schienen alle vollständig da zu sein. Waltraud konnte nicht anders, sie gab ihrem Retter einen dicken Kuss. Dieser hielt hingegen angewidert die Hand auf.

«Fifty Dollars!»

Wow, ein stolzer Preis für einen kostenlosen Flughafenshuttle. Millions besaßen lediglich zehn Dollar, sie waren nicht mehr zum Geldabheben gekommen und Waltraud hatte aus bekannten Gründen gar kein Geld mehr in der Tasche. Da kam Werners große Stunde, er zückte sein Portemonnaie und übergab seinen gutgehegten 50 Dollarschein. Er hatte doch gewusst, wie dringend er diesen noch brauchen würde.

Als letzte Passagiere konnten sie einchecken und wurden sogar von einer netten Mitarbeiterin direkt zur Sicherheitskontrolle gebracht. Es musste eben alles schneller gehen als sonst. Nicht einmal nebeneinandersitzen konnten sie, es gab nur noch einzelne Mittelplätze, aber sie kamen pünktlich zum Boarding am Gate an. Es war 20:45 Uhr. Niemand sprach mehr ein Wort, alle schienen völlig fertig zu sein. So eine Nervenschlacht gönnte man seinem ärgsten Feind nicht.
Waltraud saß im Flugzeug zwischen drei russischen Brüdern. Ihren Mann konnte sie nicht sehen, aber sie wusste, dass er an Bord war und hinter Willi saß. Sie selbst bekam kurz nach dem Start echten russischen Wodka von ihren Sitznachbarn angeboten. Da sie seit dem Frühstück nichts mehr gegessen hatte, schlief sie nach dem dritten Glas problemlos ein. Nein, das war ihr heute alles viel zu viel gewesen.
Werner spürte zwar eine leichte Aufregung, gleichzeitig aber auch eine riesige Vorfreude auf sein geliebtes Zuhause. Sicher lief an diesem Tag fast alles schief, dennoch saßen sie samt Koffern im Flugzeug. Er hatte die Hoffnung zwischendurch schon aufgegeben. Leider knurrte sein Magen in den lautesten Tönen und er hoffte inständig, dass die Stewardes-

sen wieder Chips an Bord verschenkten. Blöderweise hatte er bei dem ganzen Stress vergessen, Jan nach der nackten Kabinenaktion zu fragen, aber vielleicht bot sich dafür während des Fluges eine Gelegenheit.

Jan und Lukas saßen weiter hinten. Sie hatten gestern im Internet zusammenhängende Plätze gebucht. Sie waren fix und fertig, aber diese Reise hatte sich gelohnt, so viel erlebte Jan bei seiner Arbeit als Polizist in Berlin in drei Monaten nicht, das musste er ehrlich zugeben.
Auf der Hälfte des Fluges war es soweit, Werner stand auf und ging nach hinten zu den beiden Männern. Seine Waltraud schlief, jedenfalls so lange kein schnarchender Zwilling existierte. Er konnte seine Frau auch 15 Reihen weiter hinten sägen hören.
«Können wir kurz die Plätze tauschen?» Er schaute Lukas freundlich an. «Ich will hier noch was klären.»
«Mit oder ohne Fäuste?» Jan nahm schützend die Arme vors Gesicht.
«Sehr witzig.» Werner musste schmunzeln. «Ich möchte dich nur etwas fragen.»
Eine Stunde später hatte Jan seinem Gegenüber glaubhaft erklären können, warum er *nicht* aus seiner Kabine gekommen war. Wahrheit hin oder her, Jan würde niemals zugeben, wie lange er bei den beiden Rentnern unterm Bett gelegen hatte. Dazu konnte das dicke Aruba-Missverständnis endlich aufgeklärt werden und Werner wirkte rundherum zufrieden. Gut, seine Beine könnten weniger jucken

und seine Füße schlanker sein, dafür landeten sie gleich wieder in Deutschland. Er liebte dieses Land und konnte absolut nicht verstehen, warum manche Menschen auswandern wollten. Am Schlimmsten fand er die Leute im Fernsehen, die in Mexiko eine schwedische Sprachschule eröffnen wollten und sich nach zwei Monaten wunderten, weil ihre 300 Euro Eigenkapital so schnell aufgebraucht waren. Er mochte Gesetze und Bürokratie, ohne Regeln machte das Leben doch gar keinen Sinn.

Jan schloss in Gedanken versöhnlich mit dieser Reise ab. Sie hatten viel Spaß gehabt und Kriminalität konnte er bei aller Liebe keine entdecken. Selbst nach der Überprüfung von Elsa und Christian-Thomas durch seinen Kollegen hatte es keine neuen Erkenntnisse gegeben. Daher schob er seinen Ermittlungsdrang bedenkenlos auf die hohen Temperaturen während ihres Urlaubs.

Endlich wieder
in Deutschland

«Wir landen, wir landen! Deutschland wir kommen!» Willi schrie seine Begeisterung laut heraus. Er hatte sich auf dem Flug noch drei oder vier Kaltgetränke mit Schmackes gegönnt. Sie fuhren mit der Bahn zurück, da konnte man auf den Schock gestern Abend ruhig mal einen trinken.

Aufgrund der Verspätung und der sechs Stunden Zeitverschiebung zwischen Deutschland und Miami landete ihr Flugzeug gegen 13 Uhr am Frankfurter Flughafen. Waltraud hatte beinahe den ganzen Flug verschlafen. Ab morgen würde sie jeglichen Alkohol vermeiden, jedenfalls nahm sie sich das fest vor. Es fühlte sich viel zu anstrengend an, täglich zermatscht aufzuwachen und den halben Tag zu verpennen. Sie war doch keine 20 mehr.

Das größte Problem stellten allerdings die Temperaturen dar, denn alle vier Freunde starteten mit Sommersachen in die Everglades und hatten daher keine langärmligen Pullover oder Hosen parat. Sie wollten sich ja noch im Hotel in Miami umziehen oder zumindest lange Jacken ins Handgepäck stecken.

In Frankfurt war es für Mitte Februar erstaunlich kalt. Sie mussten bis zum Kofferband auf wärmere Sachen warten und erst einmal offiziell und luftig bekleidet in Deutschland ankommen.

Entgegen ihrer Erwartungen ging die Einreise als Deutscher nach Deutschland unglaublich schnell. Nachdem man seinen Reisepass gescannt hatte, musste man nur nett in eine Gesichtskontrolle lächeln und zack war man wieder *drin*. Werner fiel ein Stein vom Herzen, jetzt würde man ihn weder wegen der Muschelauto-Aktion noch wegen der Likörflaschen auf Curaçao belangen können. Vielleicht sollte er seine Krawallseite viel öfter im Urlaub ausleben. Die Urinieraktion, die Waltraud ihm vorgeworfen hatte, musste jedoch frei erfunden sein. Werner gab fremden Menschen auf Dorffesten nicht mal die Hand, wenn diese sich gerade in den Büschen entleert hatten. Daher konnte es gar nicht sein, dass er selbst solche Sachen machte. Oder lag das an diesen verflixten Cocktails in der Liebesmusik-Bar? Die mussten extra stark gewesen sein. Die Getränke im Ausland verfügten allgemein über deutlich mehr Wumms als sein gepflegtes deutsches Bier. Jedenfalls war das Werners Urlaubsfazit.

Am Kofferband dauerte es einige Minuten bis Waltraud ihre ersten Koffer sah, sie rannte sofort Richtung Toiletten, um sich lange Kleidung anzuziehen. Hier war es viel zu kalt und sie hatte schon im Flugzeug gefroren. Auch die berühmte Zaubertasche schien wieder heil in Deutschland angekommen zu sein.
Nachdem die vier neuen Freunde sich angezogen hatten, kam der große Abschied. Anja und Willi waren furchtbar in Eile, da sie einen Sparpreis bei der

Bahn gebucht hatten. Nach vielen Umarmungen liefen die beiden zum Ausgang. In zehn Tagen würden sie sich an einem gemeinsamen Wochenende an der Ostsee wiedersehen. Waltraud freute sich sehr.
«Bis nächsten Samstag!» Anja winkte ihnen ein letztes Mal freudig zu.
«Wieso mussten Anja und Willi ihr Zugticket extra bezahlen?» Werner dachte nach, seine Frau und seine Tochter hatten ihm mehrmals erklärt, dass bei dieser Reise alles inklusive war.
«Sie haben bei einem anderen Veranstalter gebucht.» Außerdem hatte Waltraud mit Anja über den Preis der Innenkabine geredet, aber wenn sie ihrem Mann das erzählen würde, bräuchten sie jetzt erneut einen Notarzt. Millions wirkten bei Urlaubsbuchungen viel erfahrener und hatten irgendwie nur knapp über die Hälfte bezahlt. Trotzdem, der Balkon und die Größe der Suite waren Waltraud jeden Euro wert gewesen und dazu diese wundervollen Unterwasserwelten ... Sie kam ins Schwärmen.

Waltraud nahm einen großen Koffer und überließ ihrem Mann den Kleineren nebst Reisetasche. Was hatten sie mit dieser Tasche doch im Endeffekt für einen Spaß gehabt. Im Nachhinein fand sie diese Aktion ihres Mannes nur noch halb so schlimm. Sie besaß ja jetzt dank Werner sogar mehr Shampoo, als sie zu Hause eingepackt hatte.
«Halt! Deutscher Zoll!» Werner wurde am Arm gepackt.
«Was wollen sie von uns?» Waltraud erschrak sich

mächtig.

«Guten Tag, haben sie etwas zu verzollen?» Der Mitarbeiter war immerhin freundlich.

Werner überlegte. «Wir rauchen nicht, wir haben ein Flaschenset mit kleinen Likörflaschen auf Curaçao gekauft und jede Menge Süßigkeiten und Glitzerkram. Sie wissen schon, singende Weihnachtsmänner und so ein Gedöns.» Insgeheim feierte er sich für seinen Busverkauf auf Curaçao, sonst würden sie jetzt ganz schön in der Tinte sitzen.

«Dann kommen sie bitte mit! Wir möchten uns ihr Gepäck näher anschauen.»

Schade, Waltraud sah den ICE nach Kiel geistig bereits ohne sie abfahren. So viel zu Werners Lobhymnen auf die deutschen Gesetze.

Zuerst schauten sich die Zöllner ihre Pässe und Flugtickets an.

«Waren sie privat in Amerika?»

«Wir haben eine Kreuzfahrt durch die Karibik gemacht.» Waltraud hielt sich knapp. Sie wollte lieber nichts von ihren ganzen Eskapaden an Bord erzählen. Bloß weshalb wurden sie kontrolliert? Der Gaskocher war doch in Florida geblieben.

Jetzt wurde Werners Zaubertasche durchleuchtet.

«Nanu», der größere Zöllner reagierte sofort. «Was ist denn hier alles drin?» Er öffnete empört die Tasche und zog fünf Stangen Zigaretten und sechs Literflaschen Bacardi heraus.

«Ooh», Werner blieb der Mund offen stehen. «Das ist nicht meine Tasche!» Er musste aus Versehen das falsche Exemplar gegriffen haben. Eine schwarze

Reisetasche hatten wahrscheinlich viele Menschen.
«Herr Krause, so was hören wir hier täglich zehn Mal. Nur weil sie Zigaretten und Alkohol schmuggeln wollten, können sie nun nicht abstreiten der Eigentümer dieser Tasche zu sein. Sie haben sich ihr Gepäck eigenhändig vom Band genommen und sind damit durch den grünen Kanal gegangen.» Der Zöllner zeigte nach links. «Es muss also definitiv *ihre* Tasche sein.»
«Aber mein Mann hasst Zigaretten, er mobbt jeden Raucher in seinem Umfeld.» Waltraud versuchte es im Guten. «Er hat die Taschen verwechselt, in seiner befanden sich Tütensuppen, ein Topf und diverse Ratgeber über günstige Reisen.»
Die Zöllner schauten Waltraud verwundert an, solche Ausreden hörten sie auch nicht alle Tage. Warum sollte man einen Topf mit nach Amerika nehmen? Dieser Schmuggelversuch war strafbar und musste geahndet werden. Außerdem sah es um sie herum nicht danach aus, als wenn andere Urlauber ihr Gepäck suchten oder verwechselt hatten. Da die ominöse Tasche weder einen Adressaufkleber noch andere Hinweise auf einen anderen Eigentümer bot, mussten Werner und Waltraud die Steuern plus Strafe entrichten.
Insgesamt kamen sie auf 120 Euro für drei Stangen Zigaretten, denn eine war pro Person erlaubt. Dazu 34 Euro für Alkohol, da auch hier nur ein Liter pro Passagier zulässig war und die Likörfläschchen aus Curaçao in ihrem Koffer lagen. Am Ende kamen 154

Euro Strafe oben drauf, weil sie die Sachen nicht angemeldet hatten.

Werner schluckte, über 300 Euro, weil er eine schwarze Tasche verwechselt hatte. Nein, so gemein kannte er sein bürokratisches Deutschland bisher noch gar nicht.

Leider verfügten Waltraud und Werner nicht über genügend Bargeld, sie besaßen lediglich 30 Euro von der Hinreise.

Da sie deutsche Staatsbürger waren, durften sie die Strafe später per Überweisung bezahlen und den Flughafen verlassen. Die zwei seufzten verzweifelt, sie mussten für Bacardi und Zigaretten zahlen, dabei mochten sie beides überhaupt nicht.

Werner trauerte besonders seinem Topf und dem Kochlöffel nach, aber seine Frau war für solche Probleme momentan nicht empfänglich.

Immerhin fuhr demnächst ein Zug nach Hamburg, dort konnte man bequem nach Kiel umsteigen.

Werner juckten seine Beine und Füße erbärmlich unter dieser langen Hose, in Deutschland dämmerte es bei minus sechs Grad Außentemperatur. Er saß am Bahnhof auf einer Bank und grübelte darüber nach, ob ihnen niemand *Miami Beach* gezeigt hatte. Er hörte nämlich vorhin im Flugzeug von anderen Reisenden, dass es sich hierbei um eine eigene Stadt auf einer lang gezogenen Insel östlich von Miami handelte, möglicherweise hatte er diese Informationen im Urlaub verpasst oder ignoriert.

Der Zug Richtung Norden war brechend voll. Eigentlich wollten sie sich spontan eine Reservierung am Automaten buchen, aber das ging heute bloß mit Plastikgeld und sie hatten ja leider nur gesperrte Karten dabei.
Also saßen Werner und Waltraud im Bordrestaurant und genossen ein richtig schönes deutsches Bier. Der Preis wirkte recht human und dieses Pils schmeckte um Welten besser als die Plörre in Miami. Werner wusste sofort, was er am Meisten vermisst hatte.
«Ich bestelle mir von unserem letzten Geld noch ein Sektchen.» Waltraud wollte ihre Fahrt gebührend zu Ende bringen.
«Hmmm.» Werner dachte nach und versuchte es diplomatisch. «Meinst du nicht, dass du auf dem Schiff und auf Kakao ein bisschen zu tief ins Glas geschaut hast?»
«Werner! Das war keine Diskussion, das war eine reine Information!» Waltraud schaute hämisch. «Wir haben nie eine Insel bereist, die sich Kakao nennt und dort wird auch keiner angebaut und solltest du jemals auf die Idee kommen, irgendeinem Menschen zu erzählen wie häufig ich auf unserer Reise betrunken gewesen bin, dann werden deine Bauchtanzbilder umgehend in den Kieler Nachrichten erscheinen. Ich bin sicher, sie finden in einer super Kategorie einen Platz. Du weißt doch, Agnes Sohn arbeitet beim Lokalteil.»
Werner schwieg. Frauen konnten ja so was von hinterlistig und gemein sein, allerdings lohnte sich die

Aufregung nach 40 Ehejahren eh nicht mehr. Eine Scheidung wäre ihm viel zu teuer und stressig und wer wusste schon, was danach kam? Am besten so eine Ökotante, die ihm Bier, Fußball und Fleisch verbieten wollte, da blieb er lieber bei seiner Waltraud. Normalerweise war diese nämlich durchaus nett und liebenswert.
Kurz vor Hannover wurde Werner quengelig.
«Wann sind wir endlich da?»
»Das dauert noch ein paar Stunden.» Waltraud konnte es nicht ändern. «Wir müssen in Hamburg umsteigen, die Regionalbahn fährt jede Stunde nach Kiel.»
«Waaaas? Mit dem Bummelzug, der an jeder Milchkanne hält? Nein, ich will mit dem Schnellzug fahren und wenn du mich jetzt wieder erpressen willst, rufe ich Maren an! Die hat bei der Bundesbahn gelernt, die kann da bestimmt was machen.»
«Mein lieber Schatz», Waltraud versuchte es geduldig, «Maren war vor 15 Jahren bei der Bahn und entgegen deiner Meinung kann sie keine Schnellzüge in Hamburg abfahren lassen, übrigens konnte sie das auch damals nicht!»
«Ach Quatsch, du musst mich jetzt gar nicht verscheißern, ich meinte ja nur, ob sie vielleicht weiß, wie und wann noch ein anderer Zug fährt.» Werner war doch nicht senil.
«Es fährt keiner, ich besitze die App der Deutschen Bahn», Waltraud hielt ihr Handy hoch. «Ich habe bereits nachgesehen.»
«Aha.» Werner verschränkte die Arme vor der Brust.

«War das wieder deine Frau Vicky Pedia, die alles weiß?»
«Ich bin auch müde, aber es bringt niemanden weiter, wenn er motzt oder jammert. Das müsstest du mit deinen 65 Jahren eigentlich wissen.» Waltraud meckerte grundsätzlich nie. Sie fand es total unnötig seine Energien für Zetern oder Stänkern zu vergeuden. Es änderte sich auf der Welt doch nichts, nur weil man sich heulend oder garstig ins Bett legte. Solch ein Typ Mensch wollte sie niemals werden!

Als sie endlich in Kiel aus dem Zug stiegen, war es weit nach 22 Uhr. Mone stand fröstelnd am Bahnsteig und schloss ihre Eltern in die Arme.
«Hattet ihr so viel Verspätung? Wolltet ihr nicht schon viel früher kommen?»
«Ach, der Zoll hat uns hopsgenommen, wir hatten zu viel Zigaretten und Alkohol mit.» Waltraud hob die Schultern. «Frag nicht, es ist eine lange Geschichte.»
«Hast du die Heizung runter gedreht?» Werner dachte als Erstes an die Ölkosten. Wenn sich niemand im Haus aufhielt, musste es dort auch nicht warm sein.
«Nein, Papa, du PERSÖNLICH hast sie vor 14 Tagen runter geregelt und ich habe nichts daran verstellt. Ich bin ja nicht lebensmüde.» Mone kannte ihren Vater, bei Heizöl und Strompreisen wurde er wunderlich. Heizen durfte man prinzipiell nur bis Ende März, wenn dann noch Schnee lag, wie es durchaus des Öfteren im hohen Norden vorkam, hatten alle Beteiligten eben Pech gehabt und mussten frieren.

Krauses hielten 16 Grad Raumtemperatur allgemein für angenehm kuschelig. Mone persönlich mochte es lieber gemütlich warm, aber ihre Schwester hatte diesen Spleen übernommen, diese heizte fast nie und besaß bloß zwei Pullover, weil es ihr überall zu heiß war. Und da sollte noch mal jemand sagen, Kindheitserfahrungen wäre nicht prägend fürs Leben.

Werner schaute sich aus dem Auto heraus die großen Schiffe an. Der Kieler Bahnhof lag dicht am Hafen und man konnte fast täglich die Color- und die Stena Line betrachten. Wieso waren sie nicht damit verreist? Einmal nach Norwegen oder Schweden und wieder zurück. Die Skandinavier galten eh als nette Leute. Seine Kinder waren mal mit der Colorline gefahren, aber es hatte angeblich so sehr geschaukelt, dass man nachts davon aufwachte. Außerdem kam damals noch Torbens geizige Ader durch, daher hatten sie keine Verpflegung mitgebucht. Sie mussten sich also drei Tage lang von mitgebrachten Broten ernähren. Vielleicht wäre das eine Idee für Werners nächsten Urlaub mit seiner Frau?
«Magst du gerne Klappstullen?» Werner brauchte einen eleganten Einstieg.
«Hä? Weshalb? Hol mich mal ab! Ich verstehe dich nicht.» Was wollte ihr Mann denn jetzt schon wieder? Drei Monate nur Brot essen, um Geld zu sparen?
«Wozu soll ich dich abholen? Du sitzt doch hinter mir!»

«Weeeerneeer, beim Thema, wie kommst du jetzt auf Stullen?»
«Wir könnten eine Reise mit der Colorline machen, allerdings ohne Essen. Das kostet günstige 60 Euro und wir müssten nicht mal fliegen oder Zug fahren.»

Waltraud wusste nicht, ob sie seinen Reisevorschlag als Erfolg verbuchen sollte, aber sie war zu müde um klar denken zu können, sie wollte einfach nur in ihr eigenes Bett und schlafen. Wie hieß dieses Problem noch mal? Jetlag? Wohl eher *die Fitness hat ein Leck* nach so einem Urlaub, da half auch der Wodkaschlaf im Flugzeug nicht viel ... Ein Abenteuer hatten sie trotzdem erlebt und zwar ein wunderschönes!

Es ist überflüssig zu erwähnen, dass bei Krauses am nächsten Morgen bis 11 Uhr geschlafen wurde.

Zwei Tage nach der Reise in einem kleinen Dorf an der Ostsee

Insgesamt hatten die Ferien von Werner und Waltraud Krause nur knappe zwei Wochen gedauert, es kam ihnen jedoch deutlich länger vor. Was in dieser Zeit alles passiert war ... Ja, so ein Urlaub hatte Qualität, da waren sich beide einig, aber beim nächsten Mal sollte es lieber eine Busreise nach Italien sein. Ab 50 bekam man dort Rabatt. Jedenfalls stand das hin und wieder auf der letzten Seite der kostenlosen Fernsehzeitung, die die Post hier verteilte.

Heute war Samstag, Werner räumte sein Grundstück auf. Auch im kalten Februar musste man seinen Garten pflegen. Krauses besaßen ein 2000 quadratmetergroßes Areal mit vielen Pflanzen und Blumen. Seine Frau liebte jede einzelne von ihnen über alles. So bald ein fremdes Kind im Vorgarten ein Blatt von einem ihrer Büsche riss, rannte sie raus, zog dem Verursacher an den Haaren und sagte Sprüche wie *so fühlt sich die Pflanze jetzt auch*. Durch diese Liebe zu ihrem Garten war immer etwas zu tun. Ein freies Wochenende, ohne draußen zu arbeiten, schien ausgeschlossen und viel zu langweilig. Selbst die Kinder wurden früher zu allerlei

Aktionen genötigt. So ein Teich baute sich schließlich nicht von allein und Werner vertrat die Ansicht, dass seine Töchter stark genug waren, eine Grube im Garten auszuheben. Immerhin hatten sie am Ende tatsächlich nur einen Sommer dafür gebraucht. Beim Thema Holz waren sie ihm im Alter allerdings auf die Schliche gekommen. Werner bat sie damals öfter um Hilfe, die lediglich eine Stunde dauern sollte. Das daraus drei bis sechs wurden, merkten sie erst in der Pubertät. Karfreitag ließen sie sich ebenfalls seltener blicken, dabei war dieser Tag seit Jahren der Frühlingsanfang bei Familie Krause, sie putzten dann die Gartenmöbel, machten die Terrasse startklar und manchmal harkten sie sogar das Moos aus dem Rasen. Ihm persönlich machte das alles großen Spaß und wenn es im Winter draußen zu kalt wurde, zog er sich eben zwei Hosen übereinander an. Überflüssiges Gequake über kalte Temperaturen kannten die Schleswig-Holsteiner prinzipiell nicht, sie waren 15 Grad und Regen auch im Hochsommer gewohnt und konnten gut damit leben.

Waltraud feudelte in der Küche den Boden, als das Telefon klingelte.
«Krause» – ein Vorname wurde völlig überbewertet. Ihre jüngste Tochter hatte vor Jahren berichtet, wie einfach das Leben früher war, wenn ein Lehrer anrief und sie sich nur mit *Krause* meldete. Die Lehrer hielten sie dann fälschlicherweise für Waltraud und

nahmen kein Blatt vor den Mund. So sparte sich Maren damals die ein oder andere Entschuldigung für die Schule oder den Konfirmandenunterricht.
«Hallo hier ist Anja, wir sind in Kiel. Wir kommen in circa 20 Minuten zu euch. Wir freuen uns sehr!«
Stille.
«Waltraud? Hallo? – Willi die haben da oben keine Verbindung, die Leitung ist tot.»
«Äääh hallo, das ist ja toll.» Waltraud fühlte sofort Hitze in sich aufsteigen. Wie jetzt? Millions kamen HEUTE? Sie dachte, an das nächste Wochenende. Sie konnte doch nicht ahnen, dass man sich Donnerstag am Flughafen trennte und mit nächsten Samstag *übermorgen* meinte.
«Wir freuen uns auch, bis gleich.» Waltraud legte auf. «Denk nach!» Sie musste Ruhe bewahren.
Mit ihrem Hausputz war sie fürs Erste fertig. Ein Gästezimmer nebst Porzellan-Tier-Sammlung stellten sie im Keller zur Verfügung und dort sah es meistens recht ordentlich aus, aber zu essen gab es nichts Besonderes. Für sich alleine kauften sie doch ganz anders ein. Auch an harten Alkoholvorräten besaßen sie nur noch Korn und Feigling, so wie es in ihrer Region eben üblich war. Den Bacardi hatte sie gestern Nachmittag gut verpackt zur Post gebracht, ihr Schwiegersohn konnte damit deutlich mehr anfangen und sie wollte nicht immer an diese ominösen 300 Euro erinnert werden. Waltraud schaute an sich herunter, sie trug eine gelb karierte Schürze und darunter eine Jogginghose. Dann sah sie aus dem Wohnzimmerfenster in den Garten.

Werner sah bei leichtem Nieselregen in seiner 20 Jahre alten Jeans und der pinken Regenjacke aus dem Discounter nicht viel besser aus. Bei der Haus- und Gartenarbeit galt grundsätzlich das Motto *Hwa = Hauptsache was an*. Sie wollten mit ihrem Aufzug ja keinen Model Contest gewinnen. Allerdings sahen das beileibe nicht alle Menschen so locker. Waltraud wurde nämlich durchaus schon von diversen Nachbarn darauf hingewiesen, dass sie sich bei der Arbeit im Vorgarten adretter anziehen müsste.

So schnell sie konnte, rannte sie den leichten Hang ihres Grundstückes hinunter zum Knick.

«Werner, Weeeerner.» Sie schnappte nach Luft.

«Hast du einen Geist gesehen oder möchtest du jetzt mit mir joggen gehen?» Werner schaute seine Frau kritisch an. Derart nötig hatte sie das Joggen nun auch wieder nicht.

«Nein, Millions kommen. In 15 Minuten sind sie da! Mach schnell, wir müssen uns umziehen!»

«Papperlapapp, die besuchen uns erst nächste Woche. Du kannst dich entspannen.» Werner wusste jawohl, was er mit Willi ausgemacht hatte.

«Nein, sie haben gerade aus Kiel angerufen. Sie kommen JETZT. Looooos!» Waltraud wurde panisch. «Beeil dich!»

Sie lief in Windeseile zurück ins Haus und schaute nach dem Rechten, es schien alles in Ordnung zu sein. Nur der Kühlschrank, der war fast leer. Wie peinlich, sie hatte heute Morgen mit Werner abgemacht, dass sie nach diesem Urlaub eine kleine Diät brauchten und somit konnten sie außer Oliven, Rotwein, Schwarzbrot und Margarine nicht viel anbieten.

Werner kam hinterher. «Wir machen Feuertopf. Davon liegen mindestens noch fünf Dosen im Keller. Wir verkaufen das als Scherz, weil wir uns bei diesem Essen näher kennengelernt und angefreundet haben. Ich hole dir die Dosen hoch und wasche mich schnell.» Werner rannte in den Keller.

Waltraud zog sich unterdessen um und spritze sich kaltes Wasser ins Gesicht. Sie war weit über 60 Jahre alt und hetzte sich in den letzten Tagen ab, als gäbe es kein Morgen. Nein, das musste in Zukunft besser organisiert werden und dann wieder dieser Feuertopf. Sie selbst fand diese rote Bohnensuppe furchtbar, aber ihr Mann und ihre Töchter konnten darin baden. Das war schon immer so gewesen. Nur, was kochte sie morgen und was sollte es zum Frühstück geben? Hier in ihrem Heimatdorf gab es keine Einkaufsläden und spätestens in einer Stunde durfte niemand mehr Auto fahren, jedenfalls ging sie stark davon aus.

Da fiel ihr ihre älteste Tochter ein. Mone lebte nicht weit von ihnen entfernt und hatte durchgehend Zeit. Sie sah das zwar anders, aber wer bloß von montags bis freitags in Gleitzeit arbeitete, verfügte für Waltrauds Empfinden sowieso über viel zu viel Tagesfreizeit.

Sie nahm das Telefon in die Hand.

«Mone? Gott sei Dank, du bist zu Hause. Ich bin nämlich total in Eile.»

«Warum rufst du denn an?»
«Ja, nun sabbel mir nicht dazwischen! Ich brauche deine Hilfe. Bitte fahr einkaufen! Ich benötige Frühstück und Mittagessen für vier, nein für sechs Personen, die essen sicher viel, am besten was Traditionelles, dazu noch Kuchen, Bier, Saft, Cola und vier Flaschen Whiskey. Nimm ruhig den Teuren und bring mir die Sachen bitte alle heimlich hierher. Der Preis ist egal, aber zeig den Bon auf *keinen* Fall deinem Vater. Ich gebe dir das Geld nachher unter vier Augen zurück. Ruf an, wenn du fertig bist und bitte mach schnell. Danke!»
Zack aufgelegt! In diesem Moment klingelte es an der Tür, ihre Millionäre waren eingetroffen. Wie vor zwei Tagen standen sie klein und sympathisch nebeneinander und strahlten. Für Werner hatten sie aus Jux eine Tüte Jelly Bonbons und einen rosa Plüschflamingo mitgebracht und für Waltraud eine Flasche Whiskey samt Glas. Dabei schmeckte ihr dieses Zeug überhaupt nicht. Aber so war das im Leben eben, wenn man einmal aus Höflichkeit vorgab, etwas zu mögen, musste man es wieder und wieder trinken oder essen. Trotzdem, Waltraud mochte Menschen nicht, die woanders an jedem Essen herummäkelten, dann würde sie jetzt wohl oder übel ein Whiskey- Fan werden, so oft sahen sie Anja und Willi ja eh nicht.

Mone blieb ratlos zurück. Was war das bloß für eine Reise gewesen? Ihre Eltern kamen Donnerstag viel zu spät mit Unmengen an Alkohol und Zigaretten zurück, aber entweder kicherten sie oder guckten im Internet nach neuen Reisezielen, dabei hatten sie eigentlich einen recht kleinen Horizont, was die Welt der Technik anging. Und dazu jetzt diese Einkaufsaktion, gefühlt ernährten sich ihre Eltern seit Jahrzehnten nur von Schwarzbrot mit Ingweraufstrich und Wein, also wozu dieser dekadente Einkauf und vor allem, hatten sie die ganzen Flaschen aus dem Urlaub schon ausgetrunken? Das konnte doch nicht gesund sein.

Sie würde ihre Aufgaben später erledigen, Gemütlichkeit stand bei ihr am Wochenende hoch im Kurs, erstmal musste sie ihre jüngere Schwester Maren in Niedersachsen anrufen und von den neusten Geschehnissen berichten. Das war ohnehin ein komisches Phänomen. Sie wohnte bei ihren Eltern quasi um die Ecke und sah sie beinahe täglich. Maren lebte dagegen 278 Kilometer entfernt und wusste dennoch häufig mehr Details und Informationen über ihre Eltern als sie selbst. Vielleicht konnte ihre Schwester ihr auch heute sagen, weshalb urplötzlich ein heimlicher Großeinkauf anstand.

Drei Stunden später bog Mone mit den Einkäufen in die Sackgasse neben ihrem Elternhaus ein. Heimlich sollte wohl bedeuten, dass sie nicht auf die Einfahrt fahren durfte.
Ihre Mutter kam nach ihrem Anruf auf dem Handy aber nicht etwa aus ihrem eigenen Haus, nein, sie kam aus der Kneipe gegenüber.
«Ach, wir haben es uns anders überlegt.» Sie sprach

leicht belegt. «Wir essen und trinken beim Kröger. Hier gibt es Grünkohl mit Zuckerkartoffeln und diese Kombination kennen unsere Freunde gar nicht! Aber bitte bring mir die Einkäufe rein und pack sie ordentlich weg, Geld liegt in der Schublade im Flur.» Insgeheim dankte Waltraud der Kartensperrung aus Amerika, sonst hätte sie sich gestern Nachmittag niemals solche Mengen Bargeld bei ihrer Hausbank besorgt. Leider waren die neuen EC- und Kreditkarten bereits auf dem Weg gebracht worden und so konnte sie die Alten nicht wieder frei schalten. Sie wusste selbst nicht, wo der Fehler lag, aber immerhin hatte sie Millions ihr Geld gleich überwiesen.

Mone war irritiert. Zum Kröger gegenüber gingen ihre Eltern sonst nur zu besonderen Anlässen, aber diese neuen Freunde schienen es ihnen sehr angetan zu haben. Ihre Schwester hatte die beiden gegoogelt, sie waren harmlos. In Zeiten von Sekten und Enkeltricks konnte man ja nie wissen.

Als Mone die Küche betrat, blieb sie überrascht stehen. Drei leere Korn- und Feiglingflaschen standen auf dem Tisch. Das gab es hier zuletzt, als sich ihr Schwager Torben vor ein paar Jahren vorgestellt hatte. Er wollte damals mit einem trinkfesten Schleswig-Holsteiner in Person ihres Vaters um die Wette saufen. Leider musste Torben nach ein paar Stunden ins Bett, er war trotz der 30 Jahre Altersunterschied hoffnungslos unterlegen.

Im Gasthof gegenüber ging es zu dieser Zeit bereits heiß her. Anja wollte unbedingt in den Tierpark im Nachbarort, sie hatte auf dem Weg zu Krauses jede Menge Plakate am Straßenrand gesehen.

Also ging es am Sonntag gleich nach dem Frühstück in den Gettorfer Tierpark. Waltraud war tendenziell sehr gerne hier, aber nur, wenn es um einen Ausflug und nicht um eine Safari ging.

Aufgrund des letzten Abends musste Willi mit Sonnenbrille durch den Park laufen. Der Himmel zeigte sich wolkenverhangen und die herumlaufenden Kinder schauten ihn komisch an. Vielleicht hielten sie ihn für einen Popstar oder so etwas.

«Williii» Werner stand am Flamingo Gehege, «nimm doch bitte deine dämliche James Bond Brille ab! Diese wunderschönen Tiere MUSS man gesehen haben und du hast sie schon auf Kakao verpennt.»

Anja mochte am Liebsten die Wellensittich-Voliere. Diese vielen süßen Vögelchen und fast alle waren zahm und landeten auf ihrem Kopf oder ihren Armen. «Oh, ich möchte auf jeden Fall einen kleinen Kameraden mit nach Hause nehmen.» Sie sah ihren Mann bittend an.

«Das wäre Diebstahl, die sind nicht zu verkaufen.» Willi wollte weder Haustiere noch empfand er es als besonders tierlieb, einen Wellensittich vier Stunden in einem Auto zu transportieren.

«Wir bräuchten dafür einen Käfig.» Er versuchte es pragmatisch.

«Wir haben im Nachbardorf einen Freund, der züchtet Wellensittiche, Hühner, Gänse und Kaninchen.»

Werner wollte Willi 007 ärgern. «Wir könnten ja hinfahren.»
«Gott bewahre», Waltraud schlug die Hände über dem Kopf zusammen, «wenn wir jetzt zu Karsten und Marion fahren, brauchen wir heute Abend nicht nur ein Taxi, wir schlafen morgen auch wieder bis mittags. Das geht auf keinen Fall!» Sie liebte ihre Freunde sehr, aber wenn Werner bei Karsten im Garten saß, dann kam er weder schnell noch nüchtern nach Hause zurück. Er schlief sogar einmal auf dem Rückweg auf seinem Fahrrad ein und das bei voller Fahrt. Glücklicherweise hatte ihn ein aufmerksamer Nachbar im Straßengraben liegen sehen, geweckt und diskret bei Waltraud abgegeben.
Anja gab sich geschlagen. Dafür kommen wir ab jetzt eben öfter in diesen reizenden Tierpark. Ihr gefiel diese Gegend allgemein außerordentlich gut.
Bei den Lamas war Werner derartig entzückt, dass er diese unbedingt füttern wollte und immer dichter ans Gehege heranging. Daher bekam er die Fontänen der Tiere schon ab, als er noch nach seinem Futter suchte.
«Iiiiihgitt. Die haben mich bespuckt.» Werner stand besabbert vor der Lamafamilie und war beleidigt.
Die anderen drei hatten ihn aus der Entfernung beobachtet und konnten sich vor Lachen nicht mehr halten. Es fühlte sich gut an, gegenüber Werner ein bisschen schadenfroh zu sein und irgendwie sahen diese spuckenden Wollknäule mit ihren dunklen Knopfaugen total süß aus.
«Komm, stell dich nicht so an!» Waltraud versuchte

die schlimmsten Flecken zu entfernen. «Wir haben zu Hause eine Waschmaschine.»
«Trotzdem», Werner hatte genug. «Wir fahren jetzt nach Eckernförde weiter. Ich brauche ein Bier und außerdem wolltet ihr doch alle an den Strand!»

Das gemeinsame Wochenende verlief insgesamt viel zu schnell und ohne weitere Katastrophen. Willi & Anja verliebten sich in Eckernförde in die wunderbare Altstadt, den beschaulichen Hafen und die gläserne Bonbonkocherei. Sie wollten möglichst bald zurückkommen und auch Werner & Waltraud hatten ihren Besuch bei den beiden über Ostern in ihren Kalender eingetragen.
Bei ihrer Verabschiedung am späten Sonntagabend wollte Willis Auto nicht anspringen. Anja kannte dieses Problem schon. Man musste nur ein bisschen schieben und bergab fahren, dann kam ihr sportlicher Honda mit der pinken Lackierung auch in Wallung.

Werner und Waltraud schoben nach Kräften bis der Wagen nach 30 Minuten endlich startete. Sie winkten ihren neuen Freunden noch lange nach!

Fünf Jahre später

Elsa und Christian-Thomas waren seit drei Jahren verheiratet und Eltern einer kleinen Tochter, die bereits laufen konnte. Sie lebten glücklich und zufrieden in einer großzügigen Altbauwohnung am Kieler Schrevenpark. Sie hatten bisher zwei weitere Urlaube auf Curaçao verbracht.

Waltraud und Werner Krause waren immer noch eng mit Anja & Willi Million befreundet. Das harmonische Quartett hatte im Laufe der Jahre mehrere Reisen in die Türkei und nach Mallorca unternommen. Mit seinen 70 Jahren wollte Werner nicht mehr allzu lange fliegen, trotzdem buchten sie jeden Urlaub mit *All-inclusive-Angebot*, aber das verstand sich ja von selbst. Die vier besuchten sich mindestens sechs Mal im Jahr gegenseitig oder trafen sich in einer Stadt auf der Strecke, damit Waltrauds Reise- und Kulturdrang ausreichend gestillt wurde. Jedoch hatte jeder von ihnen mit der Zeit gelernt, dass Krauses keinen Whiskey mochten und vor allem, welche Schlafgewohnheiten sie pflegten. Spätestens gegen Mitternacht mussten sie ins Bett, egal, ob ihre Besucher noch fit waren oder nicht.

Die adrette Reiseleiterin Dorit verliebte sich auf einer ihrer Fahrten in einen schmucken deutschen Hundezüchter und wohnte daher schon seit zwei Jahren in Bremen.

Jan und Lukas hatten sich ein Haus auf dem Land gekauft. Momentan wollten sie eine Schweinezucht aufziehen und Selbstversorger werden. Natürlich war Jan bis heute ein aufmerksamer und pünktlicher Polizist, der jedem kleinen Hinweis nachging. Die Gesellschaft wurde von Tag zu Tag toleranter und auch auf dem Dorf konnte man in einer Männerehe ganz normal leben. Das Pärchen verbrachte in den letzten Jahren viel Zeit in verschiedenen Tauchrevieren. Kriminelle Rentner hatte Jan auf diesen Reisen aber nie wieder entdecken können.

Über ihre verlorene Kleidung am Strand Cas Abao freuten sich übrigens zwei junge Männer, die einmal in ihrem Leben zur richtigen Zeit am richtigen Ort waren ...

Dankeschön

Mein größter Dank geht an meinen Mann! Deine Ruhe und dein Sockenjob haben mich enorm entlastet. Unsere Ehe ist wunderbar, du machst mich glücklich und komplett!
Ich weiß wie sehr unser Alltag während meiner privaten Schreibprojekte aus den Fugen gerät, daher danke ich dir umso mehr für deine Hilfe und dein Verständnis!

Liebe Mone, schön, dass wir Schwestern sind! Bleib so, wie du bist! Ich freue mich auf unseren nächsten Urlaub in Italien. Danke für deine Inspiration!
Stichwort *Bärchenfrühstück*: Der Honig muss mit nach Hause, wieder Geld gespart.

Außerdem danke ich meinen Eltern, die wirklich *Krause* heißen und seit über 41 Jahren verheiratet sind. Ich fand jeden unserer Urlaube perfekt.
Allerdings ist es durchaus legitim, die Heizungen im Wohnzimmer auf mehr als 16 Grad zu stellen oder sich im Ausland eine Busfahrkarte zu kaufen, wenn der Fußweg 15 Kilometer beträgt.

Danke an Merlin und Martin, meine beiden „Lieblingsentscheider". Ihr habt mich bei unserem letzten Cocktailabend unheimlich inspiriert. Bitte verzeiht mir meine Spitzen! Ich wünsche euch *Romantik*!

Bernd und Biggi Million, danke für euren Namen und danke, dass ihr mir nicht böse sein werdet. Ich mag euch sehr und schlafe genauso gerne wie ihr!

Die beste Informationsquelle der Welt ist meine „Lieblingsrückwanderin" Dorit. Danke für all die Antworten auf meine vielen vielen Fragen über Miami und Umgebung. Es ist wirklich schön, dich nach fast 30 Jahren wieder bei uns in Deutschland zu haben!

Liebe Mama,

ich habe dieses Buch geschrieben, weil du mir vor vielen Jahren einmal erzähltest, wie unglaublich blöd du das Thema Rente findest. Heute siehst du das zwar anders, dennoch möchte ich dir hiermit eine schöne, entspannte und vor allem sehr lange Rentenzeit wünschen.
Deine Mutter ist im Tresor **war immer einer meiner absoluten Lieblingssätze, wenn ich dich in deiner Bank angerufen habe ...**

Wie immer sind alle Inhalte meines Buches spaßig gemeint ...

Maren Kunkel, im Dezember 2016